木嶋隆太
vol 2
illust motto
I was helping my sister with stream in dungeon
here's the result of me inadvertently outwitting an S-ranked monster!
LIVE
妹の迷宮配信を手伝っていた俺が、
うっかりSランクモンスター相手に
無双した結果がこちらです

「ダーリンの妻の玲奈です」

「違う。ただ昔に知り合っただけだ」
〈は?〉
〈レイナ!?〉
〈なんでレイナがお兄ちゃんに抱きついてんだ?〉
〈お兄様から離れろぉぉぉ!〉
〈おいなんですかこのクソ虫は!?〉
〈お兄様ぁぁぁ!〉
マヤ〈お兄ちゃんの意思を尊重します〉

●LIVE

CHARACTER

鈴田 迅
すずた じん

可愛い妹のためなら何でもする冒険者（ニート）。実はとんでもない実力者で、人類未踏破階層の迷宮ボスもワンパン。

配信名:神宮寺リンネ

三中 凛音
みなか りんね

冒険者学園に通いながら、迷宮攻略配信者としても活動中。迅の指導を受けてからメキメキ実力を伸ばす。

配信名:マヤ

鈴田 麻耶
すずた まや

迅の妹。事務所に所属し迷宮攻略配信者として活動している。元気可愛い、迅のストーキングも気にしない良い子。

配信名:至宝ルカ

花峰 流花
はなみね るか

麻耶と同じ事務所に所属する人気迷宮攻略配信者。あまり感情を表に出さないタイプだが、迅にピンチを救ってもらい意識しまくるように。

配信名:真紅レイナ

赤嶺 玲奈
あかみね れいな

迅のことが大好きで自称、内縁の妻なSランク冒険者。炎を操る実力者。配信では迅への愛をしょっちゅう語っている。

霧崎 奈々
きりさき なな

迅たちのマネージャー。しっかり者で仕事もバッチリこなすが、酒豪の一面も。迅の非常識ぶりに頭を悩ます日々。

「なかなかいいマッサージだったぜ」

俺は右手に魔力を集め、迫ってきていた雷を叩いた。

まるで雷同士が衝突したかのような凄まじい音が周囲を駆け抜ける。

そして、武藤さんが弾かれたように一歩下がり、頬を引きつらせていた。

それまで悲痛のような叫びが会場に響いていたというのに、一瞬で沈黙が場を支配する。

「まさか、あんなあっさりと受け止めるなんて」

● LIVE ‖ ▶|

CONTENTS

I was helping my sister with stream in dungeon here's the result of me inadvertently outwitting an S-ranked monster!

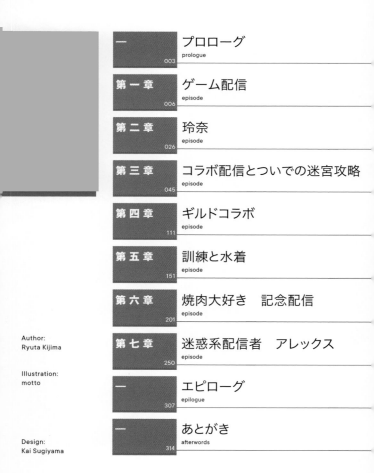

Author:
Ryuta Kijima

Illustration:
motto

Design:
Kai Sugiyama

妹の迷宮配信を手伝っていた俺が、うっかりSランクモンスター相手に無双した結果がこちらです２

木嶋隆太

角川スニーカー文庫

24224

Illustration：motto
Design Work：杉山　絵

プロローグ

スマホにメッセージがいくつか届いていた。

麻耶（まや）、流花（るか）、凛音（りんね）と一緒に入っているグループでのようだ。

今度、俺たち四人で迷宮以外で配信をする予定があり、恐らくはその件だろう。

ただ、内容をどうするかは決まっていなくて、俺も考えるように言われていたのだが
……さて、どうするか。

締切は今日まで。

現在、何も考えていない。これは、誰かの案に便乗するしかないだろう。

とりあえずグループに残されていたメッセージを確認していく。

えーと、まずは流花か。

『どこかで食事をしながら、というのはどう？　お兄さんの奢（おご）りで』

なるほど、食事ね。それはいいかもしれない。

流花が好きだという焼肉でもしながら、のんびり近況報告をするというのもありだろう。

だが、最後の一言で却下だ。流花の食事量は凄（すさ）まじいからな。

彼女を連れていくとなれば、しばらく俺の迷宮生活が始まることになる。

食べ放題の店に行けばいいのかもしれないが、それはそれでお店への負担もあるはずだ。

何より、大体の場合時間制限があるため、ゆったりと配信をする、というのは向かないだろう。

次にメッセージを残していたのは麻耶だ。

『カラオケはどうかな？』

さすが麻耶だ。我が妹の天才的な発想に、感動する。もうこれでいいのではないだろうか？

ただ、それにつきまとうのは流花のメッセージ。

『カラオケ店の食事も私は好きだからそれでもいいかも』

……それは誰の支払いになるんだ？　事務所に請求すればいけます？

どこにでも現れる大食い魔神流花の影に怯（おび）えながら、俺は最後の希望を見る。

『私はゲームとかしながらがいいかなと思いましたけど』

ゲーム、か。それなら家でやるはずなので、仮にお菓子などを持ってきたとしてもそのくらいで済むだろう。

これは、名案だ。今回ばかりは麻耶のアイデアではなく、凛音に賛成しよう。

『俺も凛音の意見に賛成だ。何かのゲームを皆でやりながら雑談でいいんじゃないか？』

『分かった。何のゲームやる？』

『どうせだったら、お兄さんをボコボコにできるやつがやりたいです』

あれ？　俺、凛音に恨まれてます？

『私もやりたい』

『私もー！』

……え？　そこに皆便乗するの？

『どんなゲームやりますか？』

『お兄さんをボコボコだから、対戦ゲームがいいと思う』

『それなら、私たちにもチャンスがあるかもしれませんね』

『現実で戦うよりは、よっぽどいいと思う』

何やら物騒なワードが飛び出しているが、ゲームをやるという方向で話はまとまっていきそうだな。

第一章　ゲーム配信

数日後。

打ち合わせをしていたコラボ配信を行う日となった。

色々とメッセージのやり取りはしていたが、俺が知っているのはコラボ配信を行うということだけだった。どんなゲームをするのかなどは、俺が練習できないように秘匿されてしまった。

場所は我が家。我が家にやってきた凛音たちに、問いかける。

「もう教えてくれてもいいだろ？　何のゲームやるんだ？」

もうすぐ配信が始まるため、麻耶たちが配信の準備をしていた。ゲームのコントローラーが足りないため、皆に持ってきてもらったそれらも接続の設定を行っているところだ。

「それは始まってからのお楽しみ」

流花は微笑とともに、ゲームの準備を行っていく。

なんだか皆楽しそうである。

俺としても、まあまったく楽しみではないといえば嘘になるが、どちらかといえば視聴者側に回りたい気持ちのほうが強いんだよな。

とはいえ、俺が一緒に配信することで皆の登録者数にも影響が出るようだ。

凛音と麻耶は伸びていて、流花も微増という感じではあるらしいが伸びている。

流花に関しては、ガチ恋勢が多いらしく、あまり男と関わってほしくないという意見もあるようだ。

まあ、気持ちは分かる。俺だって、もしも麻耶が変なやつと絡んでいたら心配するからな。

……あれ？　それってつまり、流花ファンにとっての変なやつが俺ということになるのだろうか？

いやいや、俺は至って普通の麻耶ファンだ。

ただ、流花の一部の過激なファンが、コラボ否定をしているだけで、多くの流花ファンは俺とコラボをすることには、賛成している。

最近の流花の登録者数はやや頭打ち、という感じだったらしく、俺とコラボをしてから新しい客層が開拓できているのは事実らしい。

事務所としても、そういった数字が見えているため、こちらの方面を開拓していきたいそうだ。

案外、配信者って難しいんだな……と思う。

まあ、俺としては、麻耶の登録者数を伸ばすためならなんでもやるというだけで、そこに誰と関わるかは別にどうでも良かった。

配信の準備が終わったようだ。場所は我が家のリビング。

それぞれが服装を整えながら、配信開始までの時間を待っていた。

「それじゃあ、始めますね」

凛音がそう言って、固定されたカメラの電源を入れた。

配信の画面は、パソコンを使って確認している。

配信前の待機時間ですでに視聴者は一万人を超えていたのだが、開始と同時にその数字はさらに増えていく。

〈お、始まったか？〉

〈コラボ配信きたか？〉

〈おっ！　始まった！〉

〈ルカちゃん！　久しぶりだあああ！〉

〈リンネちゃん、元気か？〉

〈私の妹は今日も可愛(かわい)いですね……〉

〈お兄ちゃんも元気そうで何よりだな〉

コメント欄は早速全員の様子を楽しむもので溢れていく。

視聴している人数もぐんぐんと伸びていき、それだけ注目されていることがよく分かる。

「皆さんお久しぶりです。神宮寺リンネです！」

「至宝ルカです。よろしく」

「麻耶だよ！　よろしくね！」

「どうも、迅です」

皆に倣って俺も自己紹介をすると、流花が笑顔を浮かべてこちらを見てくる。

「お兄さん、自己紹介間違えてる」

「何がだ？」

「迅……さん、だとたぶん皆に伝わらない」

一瞬、俺の名前を呼ぶときに詰まっていたが……すぐに流花はいつもの雰囲気に戻り、からかってきた。

「麻耶のお兄ちゃんです。ってそっちの方が伝わるか？」

〈そういえばそんな名前だったんだっけ？〉

〈本名まったく聞いたことなかったなｗ〉

こいつらめ……。

視聴者含め、どうやら俺の名前まで覚えているのはほとんどいないようだ。

確かに、配信のときにも名前で呼ばれることがないので仕方ないよな。

司会進行の凛音が俺たちのやりとりを見届けたところで、笑顔とともに声をあげた。

「とりあえず、今日は迷宮からの配信ではなく、お兄さんの家に遊びにきました」

「ふふん、私たちの家だよ。掃除はだいたいお兄ちゃんと私でやってるから綺麗(きれい)でしょ」

「えっ、お兄さんって掃除とかちゃんとできるんですか？」

俺をなんだと思っているんだ。

凛音の質問に、麻耶が元気よく答える。

「うん！　比率的には九対一で私が掃除してるよ！」

「それはできていないんじゃないですか⁉」

「いやいや、何を言うか。たまに麻耶を狙って変な輩(やから)がストーカーしてくるからな。そいつらは全部処理してるぞ」

「社会のゴミを掃除、なるほど。私もぜひお願いしたい」

流花もそういう被害は多そうだもんな。

「なるほどじゃないですよ！　ああ、もう……やっぱり司会を引き受けるんじゃなかった

「……」

「いやいや。凛音がいるから皆ふざけられるんだ。頼んだぞ？」

「頼まれたくないですー！」

凛音がうがーっと声を上げた後、バンッとテーブルを叩いた。

「とにかくです！　今日はゲームをやりますよ！」

「お兄さん、このお菓子開けていい？」

「ああ、どうぞ。一人で全部食べるなよ？」

「……私、少食だから」

「大丈夫！　流花さんの分はちゃんとビッグサイズ買っておいたから！」

「わ、私別にそんなに食べないから」

「ナイス麻耶。これは流花専用だな」

「……聞いて！　私の話を聞いてください皆さん！」

「凛音はお菓子食べるか？」

「食べますけど！　もう無理やり進行しますからね！　今日の目的は、ずばりお兄さんを倒すことです！」

俺がお菓子の袋を開けたところで、凛音がびしっと指を突きつけてくる。

三人でパリパリと食べながら、元気よく動く凛音に視線をやる。

〈おお！〉

〈リンネちゃんだいたいいつもどこでもこんな感じの扱いで草〉

〈リンネちゃん真面目だから運営も使い勝手がいいんだろうなぁ〉

〈特にこの三人の自由奔放さ加減の前でもちゃんと司会やってるからエロい〉

〈確かにリンネちゃんの体はエロい〉

「凛音褒められてるぞ」

「セクハラしたコメント主たちは後で覚えておいてください！　ボディーガードのお兄さん派遣しますから！」

「よし、まかせろ」

〈ひえっ〉

〈……コメント削除しておこう〉

顔を赤くして叫んだ凛音にコメント欄は完全に怯んでいる。

流花と麻耶は持ってきていたコーラを紙コップに注ぎながら、こちらを見てきた。

「凛音、司会しないと。寄り道、よくない」

「誰のせいで道に迷ってると思っているんですか！」

「誰？」

「流花さんですよ！」

「がんば」

「頑張りますよぉ！」

凛音は涙目になりながら、司会進行を続けてくれる。

「よし、もうさっさとゲーム対戦に行きましょう！　というわけで、今日持ってきたゲームはこの『大乱闘アタックシスターズ４』をやっていこうと思ってます」

そう言って凛音が取り出したゲームパッケージをぐいっとカメラに向けた。

大乱闘アタックシスターズか。すでにゲーム自体の準備はできているのか、流花がゲームの電源をつける。左手には割り箸を摑み、パクパクお菓子を口に運んでいる。

麻耶も同じように食べているのだが、ペースとしては流花が圧倒的だ。

……ビッグサイズ、いくつか買っておいてよかったたな。

「お兄さんってこのゲーム知ってますか？」

凛音の問いかけに、俺はこくりと頷いた。

「ああ、１なら俺が小さい頃にやったな」

「……１やったことあるんですね。まだ私たち生まれてないですね」

「え？　マジで？」

　まさか……と思ってスマホで調べてみたところ、発売年月が麻耶の生まれる少し前だった。

　……マジか。

「これがジェネレーションギャップか」

「大丈夫。私は全作品やってるから」

「そういえば、流花さんは無類のゲーム好きですもんね」

「うん。このゲームはどれもかなりやりこんでるから」

　ぶいっとピースを作る流花に、麻耶と凜音はふふんと胸を張る。

「そういうことなんですよー。実はですね、本日負けた人には罰ゲームも用意しているので、皆さん、楽しみにしてくださいね！」

「おい？　聞いてないんだけど？」

　ジトリと凜音を睨むと、麻耶が笑顔で口を開いた。

「お兄ちゃん！　罰ゲーム、楽しみだね！」

「そうだな！　なんでも罰ゲームやるぞー！」

〈草〉

〈もう別にゲームとか関係なくマヤちゃんがお願いしたらやってくれそうだなw〉

〈でも、ルカちゃんの実力は確かだからな……〉

〈確かプロゲーマーとやって勝ったこともあるんだよな？〉

〈ルカちゃん、元々の冒険者としての動体視力とか反射神経が凄まじいからな……そこの奴より全然強いんだよ〉

　ゲームの準備は終わったようだ。

　四人で戦うこともできるのだが、ひとまずは一騎打ちでやっていくようだ。

「ささ、お兄さん、どうぞ」

　凛音が笑顔とともに俺へとコントローラーを差し出してくる。

　流花はちらりと俺を見て、微笑を浮かべる。……勝つ気満々じゃないか。

「ちなみに、最初の罰ゲームはなんだ？」

「唐辛子ペーストを塗ったチョコレートを食べていただきますよ」

「……マジで？」

「私が一生懸命作りましたので、どうぞ召し上がってください」

　一口サイズのチョコレートを取り出し、微笑む凛音。

　あれ？　もしかして司会進行任されて怒ってらっしゃる？

「これって結構辛いの？」

「ええ、かなりです。私味見で泣きましたし」

そんな体張らなくても。

隣に座る流花も少し頬が引き攣っているように見える。

〈リンネちゃんの手作りだと!?〉

〈は？　何それ羨ましい〉

〈でも、さすがに唐辛子味は食べたくないな……〉

俺はコントローラーを握りしめ、それから流花をじっと見る。

「悪いが流花……本気でやらせてもらうぞ」

「それはいいけど……コントローラー逆」

「……おい、まずは操作教えろ」

最近はあまりゲームをしていないからな。スマホのゲームはちょこちょこやっているのだが。

「とりあえず、使いたいキャラクターを選んで」

「えーと……麻耶に似ている子はいるか？」

「いない」

「じゃあ、妹キャラは？」

「この子が一応そうだけど……お兄さんのその謎基準はなに？」

「いつでも麻耶をアピールするために必要なことなんだよ」

俺は言われた通りのキャラクターを選ぶ。あら可愛らしい。無邪気そうなところは麻耶に似ているな。

司会の凛音が麻耶へ視線を向ける。

「お兄さんがなんだか変なことを言っていますが、麻耶ちゃんはどうでしょうか？」

「私を大事にしてくれて照れますねー」

「……あっ、はい。そうですか。それじゃあ、早速戦ってもらいましょうか。お互いのストックは二つです。つまりまあ、二回場外に吹っ飛ばされたら負けってことです。分かりました、お兄さん？」

「ああ、了解。始まったらちょっとだけ操作確認させてもらってもいいか？」

「ん、それくらいの猶予はあげる」

流花は自信満々といった様子で口にお菓子を運びながら頷いた。

ゲームがスタートする。俺は軽くそのキャラクターを使ってみる。

……うん、まあなんとなくどのボタンでどんな攻撃が出るのかは分かった。

「……それじゃあ——始める」

「よし、いいぞ」

流花がそう言った次の瞬間、流花の操作キャラクターが一気に加速した。

そのままこちらに迫ってきて攻撃を仕掛けてくるので、俺も自分のキャラクターを操作していく。

……とりあえず、出方を窺いながら、回避に専念する。

流花の使っているキャラクターの技も、よく分かっていない状況だからだ。

「……う、うまいです!?　お兄さん、本当に最新作をやったことないんですか!?」

「ああ、ないぞ」

ただ、な。

さっきコメント欄にもあったが、冒険者の動体視力と反射神経を舐めないほうがいい。

流花のボタン入力の音を聞いて、それに合わせて最適な動きを取っていくのは難しくない。

初めのうちはまだ攻撃パターンが読めず、多少ダメージを喰らっていたが、今は流花の攻撃コンボもだいたい分かってきた。

何より、今隣り合わせでゲームをプレイしている状況だ。

　こうなると、流花の入力しようとするコントローラーの動きを視界の端で見て、それに合わせて先読みで行動を行うこともできる。

「くっ……!?」

　俺の攻撃が、流花に当たり始める。

　流花のキャラクターを場外へと吹き飛ばしたが、倒し切るまではいかない。すぐにこちら側へと復帰するように飛んでくる。

　……１の頃の記憶だと、この復帰をいかに阻止するかが重要だったな。

　何か、場外で使うべき技というのもあるのかもしれないが、さすがにそこまではよく分からないので、深追いはしない。

　戻ってきた流花のキャラクターの動きが、変わる。

　さっきまでとは違ったコンボであるが、攻撃の初動はどれもジャンプと合わせた弱攻撃だ。

　ボタンの押し込み具合で、ジャンプの高さも変えられるようだ。どうやら、流花の使っているキャラクターはジャンプ攻撃が強いようで、流花はそれを積極的に使ってきている。

　なので、それに巻き込まれないようにしつつ、流花の技でもっとも隙のある攻撃の後に、こちらも攻撃を合わせていく。

……攻撃によっては、どうやら相手が回避できずにコンボになるものもあるようだ。

発動間隔の短い技を組み合わせればできる……のだろうか？

流花のストックを一つ倒すと、流花が頬を膨らませて前のめりになる。

そして、次のキャラクターの攻撃を浴びせられる。……復活したあとって無敵なのかよ。

華麗なコンボにこちらもやられてしまう。

……ただ、これで今は互角だ。

各キャラクターによって色々とコンボも違うようで奥の深いゲームだな。

そんなことを考えつつも、流花のキャラクターを場外へと吹き飛ばし、俺は勝利した。

「……うぬぅぅぅぅ」

流花が悔しそうにそんな声を上げながら体を揺すっていた。

……流花は麻耶たちと比べると大人っぽいところがあると思っていたのだが、かなり子どもっぽい性格なんだな。

とりあえず俺はガッツポーズをして、勝利をアピールしておいた。

〈マジかよ!?〉

〈やっぱ冒険者って化け物だわ……〉

〈最近じゃゲームの大会も冒険者のランクによって分けられてるもんな……〉

〈最初は明らかに素人だったのに、学習能力高すぎるんよお兄ちゃんｗ〉

〈お兄様、勝利おめでとうございます！〉

ふっふっふっ。

「俺を陥れようとしていたようだが、そうはいかないぞ。さあ、流花！　敗北者にはお待ちかねの罰ゲームの時間だぞ？」

「……うっ」

凛音が、チョコレートの載ったお皿をこちらへと持ってきたので、俺が皿を向ける。

〈お兄ちゃんイキイキしてて草〉

〈こいつｗ〉

〈ルカちゃんがかわいそうだぞ……ｗ〉

〈さっきまで、そのルカちゃんがお兄さんに食べさせようとしてたんだよなぁ〉

そういうことだ。俺がチョコレートを一つつまんで、流花の顔へと近づける。

「ふっふっふっ、どうした？　このチョコが怖いのか？」

「……そ、それは……まあ、そう」

「諦めるんだな。ほら、こいつを食べるのだ」

俺は魔王にでもなったような気分で、流花の口へとチョコを近づける。

すると流花は頬を引き攣らせながらも、ちょっとだけその頬を紅潮させている。

〈やれお兄ちゃん！　食わせるんだ！〉

〈お兄様!?〉

〈ちょっと待ってお兄様！　それはあーんではありませんか！　あーんはよろしくないですよ！〉

〈そういやそうだった！　おいお兄ちゃん何やってんだ！〉

〈草〉

〈コメント欄の奴ら楽しそうだなw〉

あっ、確かにこれは食べさせてあげることになるのか。

俺が手を引こうとすると、流花は観念したのか、俺の手にあったチョコレートをぱくりと食べる。

恥ずかしい様子でありながらも、その表情は次の瞬間には涙目になり、

「きゃらいっ！」

甲高い声をあげ、叫んだ。

それから何度か皆で色々なルールでゲームを遊んでは、罰ゲームでチョコレートを食べていった。

アイテムあり、全員でのバトル、とかになるとさすがに俺も対応しきれず、何度か負けて辛いチョコレートを食べる羽目になったぜ。

ちなみに、一番敗北数が多かったのは凛音である。

彼女は満身創痍の様子で、締めの挨拶を始めた。

「というわけで、第一回……お兄さんボコボコ大作戦は失敗に終わってしまいましたが……まあ皆で仲良くゲームを楽しむことはできたので、よかったですね」

「そうだな。凛音、お腹大丈夫か？」

「大丈夫です！　これでも辛いのは結構得意なほうなので……さて、また次回どこかで集まる機会があればそのときにはまた皆でのんびりゲームでもやりましょうか。それでは皆さん……またどこかで！」

凛音がひらひらと手を振り、流花と麻耶も笑顔とともに手を振る。

「ばいばい」

「またねー！」

「おう、ちゃんと全員のチャンネル登録しとけよ！　あっ、特にマヤチャンネルな！」

「お兄さん、宣伝するなら平等にしてください」

「じゃあ、俺の分マイナスでいいからその分マヤチャンネルを登録しといてくれ！」

「どこで平等にしようとしてるんですか！」

凛音が最後に声を張り上げたところで、配信を停止した。

配信終了直後のリビングは、静寂に包まれていた。

一仕事終えた、という空気が場を支配していたのだが、最初に声をあげたのは凛音だ。

「ぶ、無事終わりました……」

「なんだか、疲れてるか？」

「誰のせいですか、誰の」

ソファにしなだれかかるようにしながら、凛音がジトーッとこちらを見てくる。

「でも凛音のおかげで無事進行できた、ありがとう」

「うん、凛音さんのおかげだよ。ありがとね」

「流花さん、麻耶ちゃん……えへへ、そこまで言われると照れますね」

「だから、次も任せた」

「任せたよ！」

「うぎゃあ！　そういう作戦ですか！」

凛音ははぁ、とため息をつきながらもぐっと親指を立てた。

確かに、何度俺たちがふざけ倒しても凛音がちゃんと線路に戻してくれたからな。

彼女がいなければ、恐らく無法地帯になっていただろう。

「さすがだな凛音。これからも任せるからな」

「……はーい、分かりました。頑張りますよー」

ぐったりしていた凛音を見て、俺たちは笑い合った。

いつもの配信も楽しくはあったのだが、今日は一段と楽しかったな。

コラボ配信、か。

またそのうち誰かとできたらいいな。

第二章　玲奈

先日のコラボ配信は無事終わった。ファンの人たちから届いているメッセージも、概ね好評とのことらしい。

俺もいくつか見せてもらったが、そもそも極端に批判的なコメントなどは事務所によって弾かれているのであくまで参考程度に、だ。

それでも、生の声が聞けるというのは悪い気がしなかった。

さて、そろそろか。

マネージャーの霧崎さんとの打ち合わせのため、俺はパソコンの前に座っていた。

今日はリモートでの打ち合わせだ。打ち合わせ、といっても現状の確認を行う予定だ。

メールについていた打ち合わせ用のＵＲＬをクリックすると、すでに霧崎さんも入場していた。

スマホのカメラをオンにするとお互いの顔が見えるようになったので、打ち合わせ開始だ。

『お久しぶりです』

「久しぶりです。霧崎さん、なんか雰囲気変わりました？」

『……そうですか？』

「なんだか疲れているように見えますが」

『ええ、まあ。ここ最近、担当しているある人に関してのメールがかなり届いておりまして……処理しても処理しても次から次にメールが届くものですから……』

「そういえば、霧崎さんって俺と麻耶（まや）のマネージャーを兼任してますけど他にもいるんですか？」

『まあ、いるにはいますが……今の話は迅（じん）さんのことですからね？』

「え？　俺ですか？」

『ええ。この前の迷宮爆発（ダンジョン・フレア）を収束させた件もそうですが、先日の配信でも結構派手にやっていましたよね？　それ含めてそれはもうまた色々とインタビューをしたいとか、企業関連のメールが届いていたんです』

「あー、そうなんですね。やっぱりいくつか受けたほうがいいですかね？　面倒臭そうですけど」

　インタビューともなると絡んでくる人の数も増えてくるだろう。

規模が大きくなってくると、一つの仕事を終えるまでの時間も長くなるわけで……そうなると麻耶の配信などを振り返る時間がなくなってしまう。

この二つを天秤にかけたとき、俺の天秤は惜しくも麻耶を優先するように傾いてしまうのだ……。

『……もしも、マヤチャンネルの宣伝にな――』「やります！」……反応早いですね』

俺が身を乗り出すようにして答えると、霧崎さんはカメラ越しに身を引いていた。

そりゃあそうだ。俺が配信活動を始めたのは、全国……いや全世界に麻耶の可愛さアピールをするためだ。

「マヤチャンネルのためなら、俺はなんでもやりますよ。それこそ、全国各地を行脚し、マヤチャンネルの詳細を書いた広告を配りまくってやりますよ！　あっ、今から行ってきましょうか⁉」

『いや、事務所にクレームがくるのでやめてください。まあ、企業関連に関しては先方と話をしてみて迅さんの納得のいきそうな形になったら、また話しますね。今は今後のチャンネル運営についてですね』

「ああ、そうですね。この前、コラボ配信をして以降は何もしてませんもんね」

『ええ。ですが、コラボ配信のおかげもあって順調に登録者数は伸びていますね』

「そうですかね？　最近は少し停滞していると思いますが」

『いや、かなり順調ですよ。そりゃあ、最初期と比べたら推移は下がっていますが、それでも今でも伸びていて……すでに登録者数は百七十万人ですよ？』

「え？　マヤチャンネルって今百万人目指しているところじゃなかったでしたっけ？」

『あなたのチャンネルの話ですよ！　なぜ真っ先に麻耶さんの話が出てくるんですか！』

「大事な妹……だからですよ」

『そんなシリアスな雰囲気で言っても誤魔化されませんからね』

「ダメですか……ちっ」

『まったく……。今の迅さんのチャンネルをさらに伸ばすために、新しいことをしたほうがいいと思いまして……』

「え、新しいことですか？」

俺が問いかけると、霧崎さんは真剣な表情で問いかけてくる。

『黒竜の迷宮の先――つまりは黒竜を倒した後の階層に行ったことがあるんですよね？』

「ええ、まあ行ったことありますけど……」

『……それを配信で見せる、というのはどうですか？』

霧崎さんの提案の意味はすぐに分かった。

確かに日本を基準にしてみれば、黒竜の迷宮の先はまだ未知の領域だ。

恐らく、日本で言えば多くの注目を集めることにはなると思う。

黒竜の迷宮の難易度は非常に高いのだが、それでも海外の一流冒険者たちから見ればよくあるSランク迷宮の一つだしな。

だからこそ、わざわざ海外から来てまで迷宮攻略をするような冒険者はいないんだし。

まあ、Sランク冒険者の多くは金をもらわないと仕事を受けないというスタンスであり、日本という国の冒険者への金払いの悪さもあって、わざわざ日本に来て活動してくれる冒険者というのが少ないというのも理由としてはあると思うが。

とにかく、霧崎さんは黒竜の迷宮に特別なものを感じているようだが、俺としては……そんなに期待されても、という気持ちだ。

別に、黒竜を倒した後の迷宮は普通に続いているわけだし、それで盛り上がるのか？という疑問があったので俺は事実を問いかけてみた。

「いいですけど、普通の迷宮が続くだけですよ？」

俺はそう答えたのだが、霧崎さんの反応は違った。

どこか期待するような表情だ。

『それで、大丈夫です。どこまで続くのかを見せるだけでも十分満足してもらえると思いますから』

「そうですかね？」

『……私が初めてカメラマンとして同行した際。これからどんなことが起きるのか、そんなワクワクとしたものを感じました。迅さんの配信ではそういったものを見せていくのがいいと思います』

……なるほどな。

霧崎さんがそう思ってくれていたのなら、問題はないのかもしれない。

配信というのは難しい……。麻耶のチャンネルだって、麻耶の可愛さは抜群なのだがそれだけでは伸びきらない。時の運もあるのだろうが、やはり常に新しいことに挑戦していくということが大事なんだと思う。まあ、あくまで一ファンとしての意見だけど。

そういう意味では、いずれ俺の迷宮攻略配信も飽きられるのかもしれないが、今はまだ大丈夫と霧崎さんは判断したようだ。

ただ問題もある。

「別にいいですけど、カメラマンどうしますか？　俺一人で撮影してもいいですけど、結構手振れとかしちゃうと思いますよ？」

俺が戦いながら動いたらそれはもうカメラもぐるんぐるんあちこち向くことになるだろう。

いやまあ、俺がカメラを固定して戦闘してもいいのだが、それはそれで肩が凝りそうだ。

ただ、霧崎さんはそんな俺の質問に笑顔を浮かべる。待っていました、とばかりの表情だ。

『実はうちの事務所にはSランク冒険者の、真紅レイナさんという方がいるんですよ』

「Sランク冒険者、ですか」

冒険者にはランクがあるのだが、もちろんSランク冒険者は最高ランクだ。

『はい。彼女はたまにおかしな発言をすることもありますが、基本いい子ですし今回は予定も合いそうなので迅さんのカメラマンも大丈夫そうなんですよ』

「もしかして、その人も霧崎さんが担当しているんですか？」

『ええ、もちろんですよ』

「……」

もしかして、『リトルガーデン』の事務所って結構ブラック？

い、いやまあ……あまり深くは考えないぞ。もしかしたら、マネージャーがこのくらい兼任することは普通なのかもしれないしな！

「真紅レイナ……ですか」

『ええ。もしかして、知っていましたか？』

「麻耶とコラボしたことは？」

『ないですね』

「であれば、知りませんね」

『麻耶さん基準なんですね……』

「もちろんです」

『ですが……レイナさんは、麻耶さんのことも知っていたようで今日用事が済んだら家に向かうと言っていましたよ？』

「へ？」

霧崎さんがそう言ったとき、ドアチャイムが響いた。

魔力を探知してみると、何やら俺の知り合いによーく似た魔力の反応が——。

そういえば、そいつの名前も玲奈（れいな）……だったような。

い、いや……まさか、な。

『もしかしたら、レイナさんかもしれませんね』

「……マジ、ですか？」

『あれ？　迅さん？　なんだか顔色悪くなっていませんか？　気のせいですか？』

「気のせい、だったらいいんですけど……」

自分の頬が引き攣るのを自覚しながら、俺はスマホを持ったまま玄関へと向かう。

そして……意を決して扉を開ける。

その瞬間だった。明るい赤色の髪を揺らしながら、笑顔を浮かべていた小柄な少女と目が合う。

ああ、やっぱりそうだ。

彼女は俺と目が合うと、それはもう嬉しそうに笑顔を浮かべ、

「久しぶりね、マイダーリン！」

俺のよく知る玲奈が、そんなふざけた言葉を本気で叫びながら飛びついてきた。

「てめ、玲奈⁉ なんでここにいるんだよ！」

「迷宮攻略の仕事が終わって、ダーリンの家が近かったから……来ちゃった。てへっ」

玲奈がぎゅっと抱きついてきて、俺はスマホを落とさないように握りながら霧崎さんを見る。

霧崎さんは、きょとんとしていた。

『……あの？ もしかして玲奈さんとお知り合いでしたか？』

「……ええ、まあ」

「家族ぐるみでお知り合いでーす。将来を約束した仲だもんね、ダーリン！」

「違うぞ？」

『そうだったのですか……おめでとうございます』

「悪ノリしないでくれます？」

『冗談です……えーと、知り合いなのは本当なんですよね？』

「ええ、まあ。昔ちょっと困ってるところを助けたって感じです」

「そのお礼に、あたしがダーリンと婚約したってわけです」

「嘘つくんじゃない」

「あっ、このことはまだ隠さないとだったね、ダーリン……じゃなくて、鈴田さん」

「意味深な言い方しても嘘は嘘だからな？」

『仲は良さそうですね。配信もうまくいきそうでよかったです』

「ここまでの何を見てそう思ったんですか霧崎さん！」

「これから、二人のカップルチャンネルでも立ち上げる？」

「しねぇよ！」

玲奈はいつもの調子で口を開き、霧崎さんも苦笑しながらもちゃっかり玲奈に乗っていくのだから質が悪い。

この前の凛音の気持ちを少し理解してしまった。すまない……凛音よ。謝るから今すぐこの場をまとめるために来てくれないだろうか？

「ああ、ダーリン……！　実に29日と6時間34分えーと……16秒ぶりだわ！」

ふんふん鼻息荒く声をあげながら、俺の体に抱きついてくる。

それを、アイアンクローで無理やり引っぺがすと、それはそれで嬉しそうな笑顔。

「この感覚も久しぶりだよ！　ダーリンの愛がみしみしと頭蓋骨に響いてるよ！」

「勝手に愛に変換するな！　霧崎さん……っ。こいつ実は偽物の真紅レイナですよね？

そうだと言ってくれませんか？」

『本物の真紅レイナさんです』

俺は期待するように問いかけるが、返ってきたのは絶望的な言葉だった。

……確かに玲奈はSランク冒険者であり、その実力は確かではあるのだが……こいつが
今回のコラボ相手と考えると何が起こるか分かったものじゃない。

「黒竜の迷宮配信に、玲奈を連れていくのは……危険すぎます」

主に俺の配信が。

俺のチャンネルが……っ。

「今ダーリンあたしのこと気遣ってくれてる!?　ああ、もうしゅきー！」

「違う！　キスしようとしてくるんじゃない！　それは麻耶だけに許された特権だ！」

「じゃあ今から名前変えてくるわね！」

「呼び方じゃねぇ！　戸籍の問題だ！　おら、落ち着け！」

反対の手でチョップをすると、玲奈は諦めるように頰を膨らませた。

ただ、左腕に抱きついたまま離れない。……まあ、ひとまずこうでもしておかないと話も進まなそうだ。

この左腕は生贄だ。

一人、現場にいない霧崎さんは安全圏でくすくすと笑っていた。

『……つまり、まとめますと真紅レイナさんとは将来を誓った仲、と』

「はいそーです！」

「霧崎さん……話進まないんでやめてください……」

『冗談です。まあ、なんとなくお二人の関係は理解しました。それではコラボの話を始めましょうか』

「……冷静ですね」

『最近規格外の方と接する機会が多かったので、多少は慣れましたよ』

「そうなんですね？　配信者ってやっぱりちょっと変わった人が多いものなんですねぇ」

『あなたのことですよ？』

なんと失礼な。

霧崎さんはじろりとこちらを見てから、一つ咳払い(せきばら)いをし、口を開いた。

『……一応軽くご紹介を。こちら、真紅レイナという名前で活動している赤嶺(あかみね)玲奈さんです。……チャンネル登録者数は、あとちょっとで十万人という感じです』

「十万人って……Sランク冒険者のわりには少ないほうじゃないですか？」

事務所の力はもちろん、単純な玲奈の力も合わさればもっといきそうな気がする。

それこそ、流花(るか)のように百万人くらいは目じゃないくらいはいきそうではあるが。

容姿だって……褒めるのは悔しいが悪くないどころか、良いほうだろうし。

「ダーリンの内縁の妻にして、Sランク冒険者の真紅レイナです。今回のコラボ配信、頑張るよダーリン」

ウインクしてくる玲奈を、俺は無視する。

彼女に触れると、話が進まないからな。

『玲奈さんの登録者が少ないのは、この挨拶が原因ですね。……将来を約束しているダーリンがいるという話をいつもしてるんですよね』

霧崎さんの言葉に合わせ、玲奈が俺の顔を指差してくる。

……おい。何を勝手なこと言ってんだこいつは。

『そのダーリンとは、今も毎晩愛し合っているとかなんとか、配信のたびにそんな話ばかりしているので、あまり伸びない感じです』

嘘を全力で流布するのやめてもらっていいですか？

次の配信、まずは俺の誤解をとくところから始まるんじゃないか？　下手(へた)をすればそれで数時間かかるのでは？

『まあ別に、男性ファンを獲得するために隠す……必要まではないのですが、やはりそういういわゆるガチ恋勢の獲得はできていない状況です。ですが、男女ともに需要があり、特に恋愛相談などの質問などを多く受けることがあり、ある意味我が事務所では珍しいタイプですね』

「そういうことなの、ダーリン」

「そういうことじゃねぇよ！」

俺は玲奈の頭を力強く摑(つか)んだ。

痛みに襲われた玲奈が顔を苦悶(くもん)の表情に歪(ゆが)めるが、次の瞬間には喜びのそれに変わる。

「愛！　今愛を感じているよマイダーリン！」

「痛みだ馬鹿！」

彼女の頭から手を離すと、すかさずまた腕に張り付いてくる。コアラかこいつは？

「というわけで、ダーリン。カップルチャンネルを立ち上げることも考えているのよね」

「俺は考えてないが？」

「んもー。相変わらず冷たいなー。ダーリンの照れ屋さん！」

むかついたのでもう一度頭を割れんばかりに摑み、悲鳴を聞いておいた。

……すぐに喜びの顔に変わるので、まったく意味がないのかもしれない。

そんな俺たちを見ていて、霧崎さんは顔を顰める。

『しかし……玲奈さんなら問題ないと思っていたコラボ配信ですが……こうなると、色々と説明しないといけないのも事実ですね』

「やるの前提ですか？　こいつとコラボしたら絶対問題発言しますよ？」

『ストッパーが必要ということですか？』

「ええ、確実に。凛音とか、連れていきたいです」

「ええ⁉　カップルチャンネルに他の女子はよくないよ！　ノイズだよ！」

「おまえがノイズを発生させまくってるせいでこうなってるんだぞ！」

麻耶も……玲奈とは仲が良いのでなんとかしてくれるかもしれないが、悪影響がありそうなので却下！

その点、凛音は能力もある。

何より、彼女のツッコミセンスはかなりのものだ。玲奈を押し付けることもできるかもしれない。

「ダーリン！　そういえば、凛音にお姫様抱っこしてたよね⁉　浮気⁉」

「浮気の意味知ってるか？」

「付き合っている相手以外の異性と深い関係を持つこと！」

「花丸だな。なのにどうして浮気って言葉が出てくるんだ？」

「愚問だよ！　あたしとダーリンは付き合ってるからね！　おーけー？」

「ノットオーケー」

ため息をつきながら、彼女に問いかける。

「これ、配信に出せますか？」

『ですが……お二人の息が合ってるのも確かです。コラボ配信、伸びると思います』

「楽しんでません？」

『そんなことありませんよ？』

楽しそうじゃないですか……。

『やはり配信前に、色々と説明をする必要があるかもしれませんね。それ含めて……任せましょうか。玲奈さん、お願いできますか』

「まっかせてください！」

「俺！　俺がやります！　こいつに任せたらないことないこと撒き散らされます！」

『迅さんがやる気なら、迅さんにお任せしますね』

……くそ。押し付けられた感じがたまらないぜ。

ただ、玲奈に任せるなんて決まったらもう俺は二度と安眠できないかもしれない。

『とりあえず、二人の関係について、具体的な情報を共有してください。そのまとめた内容について、次のお兄さんの配信で発表しましょう』

「はいはーい霧崎さん！　あたしいい案ありますよ」

『なんでしょうか？』

絶対いい案ではない。聞く必要ないんじゃないか？

「あたしとダーリンの二人で、対談形式のほうが視聴者にも伝わりやすいんじゃないかな？」

……一応、まともだった。

もちろん、これが玲奈の発言じゃなければ、という言葉がつくんだけど。

「おまえ、絶対問題発言するだろ」

「ダーリン酷い！　あたしのこと疑うの？」

「普段の言動から信用されると思ってるのか？」

「うん！」

いい返事だ。

ただ俺は霧崎さんへ視線を向ける。

「……どうします？」

『対談形式、というのは危険ですので今回は見送りましょう。とりあえず、お二人の関係について、話してもらえますか？』

俺と玲奈は顔を見合わせた後、霧崎さんに俺たちの出会いなどについて語っていった。

第三章　コラボ配信とついでの迷宮攻略

次の日。俺は自宅にて配信の準備をしていた。

霧崎(きりさき)さんとの打ち合わせにあったように、事前に俺と真紅(しんく)レイナとの関係について話をするためだ。

今日は家での雑談配信となるため、普段と違ってパソコンとそれに接続したマイクとカメラを使用することになる。

元々、パソコンはそれなりのスペックのものを持っていたので、マイクとカメラは麻耶(まや)が使っているものと同じものを用意してすぐに準備は完了した。

配信開始までまだ時間は僅かにある。配信の枠はすでに予約してあり、試しにチャンネルを見てみるとすでに待機者は一万人ほどいた。

まもなく始まるからというのもあるが、結構多いな。ただ、迷宮配信ではないためいつもよりは少ない。

俺のチャンネルを登録している人の多くは、俺が迷宮で戦うことを期待していて、霧崎さんの予想通りではあった。

逆にいうと、本番……今回でいえば、迷宮配信を行ったときの視聴者層と若干変わる可能性もあるわけで、玲奈との関係について話していても見てくれない人もいるわけだよな。

……だ、大丈夫か？

何をしても、玲奈が当日暴走すると思っているのでとてもとても心配であったが、もう配信も始まるのでとりあえず雑念は振り払った。

マイクのスイッチを入れてから、配信を開始する。

〈おっ、始まったか〉

〈当然だけどいつもと違うなw〉

〈お兄ちゃんが椅子に座ってる姿をみるの初めてかも〉

この前のコラボ配信でも座ってたわ！　落ち着きのない子どもじゃないんだから。

「あー、声入ってるか？」

〈入ってます！〉

〈今日もお兄様は声も顔も調子が良さそうで良かったです〉

〈お兄様が雑談配信って珍しいですね〉

「ま、今日はのんびり雑談配信的な感じでいくつか報告があってな」

〈報告？〉

〈あ、もしかして収益化の話か？〉

「ん？　あー、なんかマネージャーからそんなメッセージ入ってたな」

なんでも、以前打ち合わせしたあとくらいに俺のチャンネルが無事収益化されたらしい。

それについても今日の配信で報告してくれとの話があった。

先に、そっちを片付けるとするか。

「なんか収益化が無事通ったみたいだな。確か、色々条件があるんだよな？」

〈知らんのかいｗ〉

〈どんだけ自分のチャンネルに興味ないんだよｗ〉

〈だが、それでこそお兄ちゃんだ〉

〈お兄様！　スパチャオフのままですよ！〉

「ああ、これね。これをオンにしたらいいのか？」

俺が配信の画面を見ながら操作した瞬間だった。

〈おめでとうお兄様！　￥１００００〉

〈この前学園で息子を助けてくれてありがとうございましたお兄様！　￥１００００〉

〈これからも配信頑張ってください　￥１０００〉

〈また迷宮での配信見たいです！　￥２０００〉

〈冒険者学園で指導してもらった人です！　大ファンです！　￥500〉

……急に色鮮やかな文字がいくつも出てきた。

俺もスパチャの基本的な機能は知ってる。麻耶の配信でよくやってるし。

マヤ〈お兄ちゃんおめでとー！　￥10000〉

至宝ルカ〈お兄さん、おめでとう　￥10000〉

神宮寺リンネ〈おめでとうございます！　￥10000〉

「おお、麻耶！　っと……あと流花と凛音もありがとな！」

〈今マヤちゃんの名前見て一瞬意識飛びかけてなかったか？〉

〈あと二人を思い出したように復帰したなｗ〉

「そりゃあ推しにコメントされたら嬉しいだろうが！」

……麻耶にこうして祝われるのは、表現できない嬉しさがあった。

もちろん、流花と凛音からのも嬉しいものだ。

自分がこうしてやられる側に回ったのは初めてで、新鮮な感覚だ。

「おお、ありがとな。皆のお金、麻耶グッズのために使わせてもらうからな」

〈草〉

〈お兄ちゃんにスパチャすると、間接的にマヤちゃんにもスパチャできるのか〉

とりあえず、これで一つ目標達成。

頃合いを見て、俺は話題を切り出す。

「スパチャに関してはありがとな。まあ、俺はそんな丁寧に対応とかできないから質問とか読んでもらいたくて送るのはやめとけよ？　ってなわけで、今日の本題である次の配信についての説明だな」

〈説明？〉

〈また何か変なことするのか？〉

「またってなんだおい？　なんと次回の配信でじゃらららら……ばん！　黒竜の迷宮のその先の階層へと向かおうと思います！」

〈セルフSEかいｗ〉

〈って、ふざけてるわりに言ってることの内容やばすぎなんだが……？〉

〈大丈夫なのか？　黒竜を倒せるっていっても、その先でも通用するかどうか……〉

〈さすがに……危険すぎないか？　それも一人で戦うんだよな？〉

〈いくら配信を盛り上げるためっていっても、さすがにそれはやめた方がいいと思うんだけど……〉

全員に、めちゃくちゃ心配されてしまっていた。

予想していたコメントの反応と違うので、たまらず視聴者たちに伝える。

「あっ、それは大丈夫だ。そこはもうすでに何度か入ってるしな」

〈ふぁっ!?〉

〈いやお兄ちゃん！　ちゃんとそういうときは申請しないと！〉

〈ってことは黒竜の迷宮の最高到達階層はお兄様なのですわね！〉

……次々に驚きのコメントが返ってくる。

あー、そういえば新しい迷宮だったり、新しい階層だったりに到着したら冒険者協会に報告するのが一応義務なんだったっけ？　もちろん、何か罰則があるわけではないので、していなかった。

だって、色々面倒だし。報告しても別にお金がもらえるわけではないので、だったらその時間で麻耶の配信を見ていたほうがよっぽど有意義だったからな。

「まあ、それはまた暇なときにでも報告をするとして……まあ今度黒竜の迷宮の先に行くってわけで、俺一人だとたぶんカメラが酷いことになるから別にカメラマンを用意することになったんだよ」

別に俺一人で撮影、戦闘を行うのも可能ではある。

ただ、先ほど話した理由から、恐らくカメラをうまいことやらないと酔うだろう。

〈確かに……お兄様の動きについていったら酷いことになるだろうな……〉

〈まあ、最悪視聴者側で制御すれば……いけるか？〉

……まあ、コメントにあるように視聴者がなんとかしてくれればいいかもしれないが、それってたぶんあんまりいい配信じゃないだろう。

できる限り良い状態の配信をお届けし、さらに視聴者側で音量や画質などを自分の好きなようにカスタマイズできるようなものを提供したほうがずっと多くの人に見てもらえるはずだ。

そうすれば、麻耶のチャンネル登録者数も伸びるだろうしな。

「そういうわけで、マネージャーから提案してもらったんだが……なんでもうちの事務所にはSランク冒険者がいるらしくてな」

〈うわ〉

〈レイナ……か〉

〈え？　Sランク冒険者いたのか？〉

〈お兄様から入ったから詳しいことは分からないのだけど、その人マヤちゃんとはコラボしてないわよね？　聞いたことないなぁ〉

俺の配信だけを見ている人からすれば、玲奈のことは知らないようだな。

　そしてコメント欄でも、どちらかといえば「うわぁ」という反応が多いあたり、恐らく玲奈は普段から変な配信をしているのだろう。

　なんとなくイメージができてしまい、さらにその火の粉が俺に飛びかかってくると思うと……寒気がするね。

「その人にカメラマンをお願いすることにしたってわけだ」

真紅レイナ〈どうも！　カメラマンです！　￥５００００〉

　……と、いきなり玲奈がスパチャとともに現れた。

　だらりと背中を冷や汗が伝う。

「おいこれ本物か？」

真紅レイナ〈本物だよ！　￥５００００〉

〈ご本人登場かよｗ〉

〈さっきからスパチャで返事すんなｗ〉

〈レイナってなんか愛してる人がいるとか言ってなかった？〉

　余計なコメントすんじゃない！　玲奈が笑顔で変なコメントを打ってきたらどうするつもりだ！

〈毎日イチャイチャしてダーリンが離してくれないとかも言ってたよな？〉

何言ってんだあのバカ。

配信で露骨な嘘をばら撒くのやめろよなマジで！

〈っていうか、レイナは男性とコラボっていいのか？　ダーリンがいるんじゃないか？〉

真紅レイナ〈大丈夫！〉

とても玲奈をブロックしたい気持ちがあったが、さすがにそれはやめておいた。

あとでないことないこと、何を言われるか分からないからな……！

とりあえず、玲奈にはあまり触れず……今日の本題をさっさと説明してこの枠を終わらせよう。

「まあ、彼女とのコラボに当たって……事前に説明しておく必要が色々とあってな。そういうわけで、今日の枠を取っておいたってことだ」

〈なるほどな〉

〈でも、事前の説明が必要なことがあるのか？〉

……あるんです、滅茶苦茶。

この説明をしていなかったら、恐らく配信当日はまったく迷宮攻略配信なんてできないだろうくらいには。

そんなことを考えていたときだった。

俺の部屋の扉がノックされる。麻耶か？

「麻耶？　今、配信中なんだけどなんだ？」

「あっ、お兄ちゃん。配信中ごめんね。ちょっと用事があって……」

ん？

……よくよく魔力を探知してみると、何やら麻耶とは別にもう一つ魔力反応があった。

「おい麻耶！　その隣にいるやつを部屋に入れ――」

「ダーリン！　説明しにきてあげたよー！」

バーン！　と勢いよく扉を開けて登場したのは、玲奈だった。

麻耶は「仕事しました！」というような満足げな表情とともに扉を閉めて立ち去り、俺は玲奈に抱きつかれたまま生配信。

麻耶ぁぁぁ！

〈は？〉

〈レイナ!?〉

〈なんでレイナがお兄ちゃんに抱きついてんだ？〉

〈お兄様から離れろぉぉぉ！〉

〈おいなんですかこのクソ虫は!?〉

〈お兄様ぁぁぁ！〉

なんか俺の視聴者たちが騒いでいる。

このまま配信をやめて引きこもり生活を再開したい気持ちが湧き出てくるのを抑え込みながら、俺はカメラを見る。

「……というわけで、知り合いだ」

「ダーリンの妻の玲奈です。今後ともよろしくお願いします」

「違う。ただ昔に知り合っただけだ。こいつの発言のほとんどが嘘だから皆は信用しないように」

「もう、ダーリンの照れ屋さん！」

……はあ、結局こうなったか。

〈まさかの知り合いで草〉

〈え？　マジで？〉

〈草〉

〈お兄様から離れろ！〉

とりあえず、一部コメントが怖いので俺は玲奈を引き剝がしつつ、説明を続ける。

「昔、ちょっと色々あって俺と玲奈は知り合いなんだ。俺は特に知らなかったんだが、こいつ配信で適当なこと抜かしてんだよな？」

〈適当というか、婚約者がいるとか〉

〈ダーリンとは毎日愛し合っているとか〉

〈ダーリンはあたしのことが大好きすぎるとか〉

「全部嘘だ」

「てへ！」

玲奈がぺろりと舌を出し、こつんと片手で頭を叩く。

おちゃめなふりをして誤魔化すんじゃない。

〈……ええ？〉

〈草〉

〈えーと、つまりダーリンがお兄ちゃんで、レイナがすべて妄想を語っていた、と？〉

〈もう何がなんだか分からんｗ〉

なんか視聴者は楽しんでいるようだが、こっちは楽しくないっての……。

とりあえず、視聴者たちも落ち着きはじめ、状況をまとめていってくれている。

玲奈の登場によって、くしくも俺の伝えたかったことはだいたい伝わってくれたようだ。

「よし、あとはこのことを全員に広めるように切り抜き班頼むな。当日に、玲奈のこと聞かれても困るし」

〈レイナがヤベェやつだってことは分かった〉

〈お兄ちゃんもヤベェやつだけど、こいつはベクトルが違うな〉

〈まあでも類友だな〉

〈お兄様の体が無事なら何よりです……〉

誰が類友だ。俺ほどの真面目な人間が他にいるかって話だ。

まったく……。俺の部屋に置かれていた椅子を引っ張ってきて座っていた玲奈が満足げに頷いている。

「うんうん。これで表向きの言い訳はできたね！」

「意味深なこと言って俺の視聴者を騙そうとするのやめろ！」

〈仲はいいんだな〉

〈でも、なんでレイナはここまでお兄ちゃんにご執心なんだ？〉

〈さすがにお兄ちゃんのこと好きすぎないか？　配信で目立つ前からなんだろ？〉

俺と玲奈の出会いについて気になるコメントが多くあるようだ。

とはいえ、それは玲奈の昔のトラウマを掘り返すことでもあるわけで、ここで話をするというのは彼女のためにもやめたほうがいいだろう。

「まあ、色々あってな。困ってるところを助けたら懐かれたんだ」

「いやいや、ダーリン。ここは話しておいたほうがよくないかな？」

「……いや、でもな」

「あたしは別に気にしないよ？」

玲奈は笑顔とともにこちらを見てきた。

……どうやら、俺の考えていることを見透かしているようで、本当玲奈相手はやりにくい。

頭をかきながら、俺はちらとカメラのほうへ視線を向ける。

「んじゃあ……玲奈の許可も出たわけだし、話していくか」

〈おう、気になる〉

〈何があったんだ？〉

「今から五年前だね。あたしが住んでた場所で迷宮爆発（ダンジョン・フレア）が起きたんだよね。ほらあの五年前のBランク迷宮『リザードマン迷宮』爆発事件だけど、覚えてる人ー！」

玲奈がはいっと手をあげる。

〈……ああ、あったな〉

〈あれはかなり酷（ひど）い事件だったよな……〉

〈有名ギルドもすぐに駆けつけたけど、すでに溢(あふ)れた魔物たちでかなりの被害が出てたんだよな？〉

「そうそう。それにあたしと家族も巻き込まれちゃってね。でも、たまたま来てたダーリンが助けてくれたんだよね」

「……まあ、そういうことだ」

「命助けてもらったあたしはそれはもうダーリンに感謝しているわけでして、家族公認の仲になったってわけ！」

「家族公認ではないからな？」

「え？　うちのパパとママはもちろん、麻耶ちゃんにも許可もらってるよ？」

「え……麻耶？」

マヤ〈お兄ちゃんの意思を尊重します〉

「良かったねダーリン！」

「俺の意思を尊重してんだぞ！　そして、この婚約は拒否だ！」

「またまたー、本心は？」

「本心だっ！」

そう答えるがまったく玲奈は怯まない。

がくりと肩を落としながら俺は当時の状況を思い出していた。

俺も、駆けつけるのが遅れてしまったんだよな。

元々は黒竜の迷宮に入っていて外に出たら、異常な事態になっているということで急いで現場に向かい、魔物たちを一掃し、助けられる人を助けた。

その中に、玲奈たち家族がいたというだけの話で……普通なら終わるのだが、玲奈が普通ではなかったわけだ。

「まあ……そういうわけで、俺と玲奈の出会いはそんな感じだ」

「それから五年間、お付き合いしてるってわけだよね！」

「それから五年間、ストーカーされてるってわけだ」

〈草〉

〈なるほどなw〉

〈まあ、仲がいいってことは分かったw〉

視聴者たちも徐々に落ち着いて話を聞いてくれている。

「そういうわけでだ。事前に説明するために配信をしたんだ。……当日、このテンションのカメラマンがいたらやばいだろ？」

〈確かにな〉

〈何も知らずに見てたらレイナが炎上してる可能性あるな〉

え、そっち？

うちの事務所って、女性配信者が多く、男性配信者と関わるときはだいたい男性配信者のほうが炎上する危険があるということで警戒していたと思うのだが、今回ばかりはずっと玲奈が燃える勢いだ。

その本人はまったく気にしていないようで、椅子に座ったままケラケラと笑って足をばたつかせている。

〈でも、同じ事務所なんだし気づかなかったのか？〉

「あたしは知ってたよ！　もういつコラボできるかってウキウキだったもんね」

〈いやおまえじゃなくてお兄様のほうだよ……〉

何を言っているんだかこのコメントは。

「俺が知るとでも？　こいつが麻耶とコラボしたことあるか？」

〈納得したわｗ〉

〈それで納得できるのが草〉

〈ああ、そうだよな。お兄さんはそういうやつだよな〉

とりあえず、今日の視聴者たちには玲奈の話ができた。

これで、目標は達成したので、俺は配信を終了させるために締めへ向かう。

「そういうわけで、今日の配信はこれで終わりだ。お前ら、今日の話は理解したな？」

特になければこれで終わりなのだが、コメント欄からは色々な感想や質問が出てくる。

〈とにかく、お兄さんとレイナちゃんが知り合いだったし、婚約者なのは分かったぞ〉

〈お兄ちゃんとレイナのカップリングかぁ〉

何も分かってないぞこいつら。家まで行って体に教えてやろうか？

〈お兄様って付き合ってる人はいるのですか？　結婚はされていますか？〉

「付き合ってる人はいないし、結婚の予定も特になし。それよりマヤチャンネルを見るのに忙しいからな。以上だ。玲奈、おまえからは何かあるか？」

「それじゃあ改めて！　皆、次の配信ではカメラマンを務める真紅レイナだよ！　ダーリンの勇姿をバッチリ映すから任せてね！」

〈ダーリン呼びやめてください〉

〈女狐(めぎつね)……！　お兄様に近づかないで！〉

「やーだよー。ダーリンはあたしのだもん！」

玲奈が笑顔とともにこっちに飛びついてきたので、アイアンクローで押さえつける。

〈お兄様に何やってんだ！〉

〈お兄様にアイアンクローしてもらえるなんてずるい！〉

〈お兄さんのほうが庇われてて草〉

〈普通、逆のはずなんだよなぁ〉

〈今のお兄さんだと、こっちのほうが自然かw〉

「……とにかく！　そういうわけで次回の黒竜の迷宮の攻略配信を楽しみにしていてくれ！　……あっ、マヤチャンネルの登録よろしくなー」

〈そういえば、さくっと流していたけど黒竜の迷宮攻略だったよな……？〉

〈当たり前のように一人で行く前提なのがさすがお兄ちゃんだわ〉

〈Sランク迷宮攻略の情報がついでみたいな扱いなんですかねぇ……〉

なんだかコメント欄が盛り上がっていたが、これ以上長引かせて変な質問をされても困るので、俺は逃げるように配信を終了した。


「無事、配信終わったねー」

「おまえがいきなり来て大変なことになったんだぞ!?」

「大丈夫だよ！　何かあったらあたしが責任とってダーリンの面倒見てあげるから！」

「麻耶ぁ！　なんで玲奈を家に上げたんだ……！」

「楽しくなりそうだったから！」

笑顔でそう言われたらこれ以上麻耶を責めることはできなかった。

「……ま、確かに盛り上がりはしたけどな」

「でしょでしょ？」

「あとで霧崎さんに何言われるか分からないぞ？」

「大丈夫だよ！　配信お疲れ様でした！　ってさっきメッセージ届いてたし」

「はぁ……そうか」

まあ結果的に問題は起きなかったので、霧崎さんもとやかくは言わないつもりなのかもしれない。

もっと言ってほしいのだが。

配信を終えた俺がスマホを見ると、流花から連絡が来ていた。

『ダーリンって何？』

配信、見てたもんな……。

いつも通りの文章に見えるのだが、なんだろう。威圧されているように感じるのは俺だけだろうか？

でも、配信を見ていたなら理由は分かるはずだ。

『玲奈が勝手に呼んでるだけだ、気にするな』

『……』

何か、思うところはあるようだが……俺にはどうしようもない。

「わっ、流花ちゃんからメッセージ来てる」

「おまえのほうもか？」

「そうなんだよ！　ダーリン、いつの間にかたくさん女の子侍らせて……！　浮気はダメだよダーリン！」

「発言のすべてがおまえの妄想だぞ？」

「まあ、とにかく……次の配信はあたしに任せてね。バッチリサポートするから！」

「……ああ、よろしく頼む」

とはいえ、まったくの他人よりは……気心の知れた相手であるほうがやりやすいのは確かだ。

俺は笑顔を浮かべて胸を張る玲奈に、こくりと頷いた。

今日の配信のタイトルは、『黒竜のその先へ』というものだ。

事前にやることも話していたし、SNSや事務所の他のメンバーも宣伝してくれていたからか、始まった瞬間から同接数は十万人を超えていた。

……凄まじいな。

さて、第一声はどうするか。俺がちらと玲奈を見ると、彼女は勝手に任されたと勘違いしたようでこくりと頷き、口を開いた。

「皆久しぶり！　今日はダーリンと一緒に黒竜の迷宮へと遊びにきました！」

……配信開始と同時、玲奈は当然のように俺をダーリンと呼びつける。

俺は頭を抱えることになる。

〈は？〉

〈どゆことだ？〉

〈前回の配信は視聴者少なかったから知らないのかw〉

〈レイナはお兄ちゃんの恋人だぞ？〉

「おいコメントぉ！　ちゃんと説明しろ！」

〈草〉

〈お兄様親衛隊にお任せを！　レイナは私たちのお兄様に無理やり近づいている女狐みた

いなものです！　すべての発言がレイナの妄言ですので、皆さんは気にしないように！〉

〈コメントはコメントでやばいやついるなｗ〉

〈正直、どっちもどっちなんだよなぁ〉

……とはいえ、謎の親衛隊たちが玲奈の発言を撤回してくれているのでなんとかなりそうだ。

玲奈は、そのコメント含めて楽しそうでケラケラと笑っている。

「あはは、ダーリン。凄い盛り上がってきたね」

「だから、ダーリンと呼ぶんじゃない」

「じゃあ、お兄ちゃん？」

「おまえのような妹を持った覚えはない！」

「妻ってことだもんね！」

「前向きすぎるんだおまえは」

「というわけで、玲奈とダーリンのラブラブカップルチャンネル始まるよー」

〈おい、ふざけんな！〉

〈誰かこいつ追い出せ！〉

〈お兄様！　カメラマンなんて必要ありませんよ！〉

〈草〉

〈レイナちゃんこのテンションなのかw〉

〈二人の息ぴったりだなw〉

「そりゃあそうだよ！　ダーリンとはそれはもう毎日のようにくんずほぐれつ爛れた関係だったから……」

「ただ冒険者として指導したことがあるだけだからな？　毎日じゃねえし」

「はいはーい。それじゃあ、まずは転移石で移動しよっか」

こいつ、さくっと流しやがって。

転移石とは、一度行ったことのある階層にワープできるものだ。見た目は巨大な石であり、地面から突き出すように生えている。

迷宮によってあったりなかったりする代物だ。

転移石がある迷宮のほうが移動は楽なので攻略難易度も下がる。

事前に玲奈とは95階層まで移動しているので、俺たちは早速石に手を触れ、魔力を込めて起動した。

「黒竜の迷宮第95階層の階段！　ダーリン、今日は黒竜の迷宮の100階層を目指すってことでいいんだよね？」

「……ああ、それでいいぞ」

俺は小さく息を吐きながら、スマホのカメラを向けてくる玲奈に答える。

〈お兄さんが珍しく疲れた顔してるなｗ〉

〈お兄ちゃん、リンネちゃん相手にはからかう側だけど、ガチのヤバい奴(やつ)には勝てないって感じかｗ〉

〈これはこれで新鮮でいいな〉

〈お兄様に近づくなお兄様に近づくな！〉

〈おお、ここ最近増えているレイナアンチじゃんｗ〉

〈ていうか、ここまでお兄さんのガチ恋勢がいたことに驚きだなｗ〉

コメント欄では賛否両論の嵐である。

まあ、俺は別にいいし玲奈も特に気にしている様子はない。

ていうか、たぶん気にしていたらもっと自身の発言に気をつけているだろう。

Sランク冒険者っていうのは皆どこかおかしな部分があるって聞いたことがあるが、玲奈を見ていればその意味が分かるな。

「そんじゃ玲奈。早速俺は黒竜を倒しに行くから、カメラマンを任せていいか？」

「おっけー！　妻として、頑張るね！」

「やっぱり凛音でも連れてきてツッコミやらせればよかったか……？」

〈草〉

〈確かにリンネちゃん、この前も進行役を無難にこなしてたしありかもな〉

神宮寺リンネ〈絶対いきません！〉

〈おお、本人降臨じゃん〉

〈今から呼んで三人で配信したほうがいいんじゃないかw〉

凛音がコメント欄にいたようだ。本当に今すぐここに来てほしいのだが、玲奈がむすっと頬(ほお)を膨らませる。

「ダメダメ。それは浮気だからあたしが禁止したの」

「また浮気の意味確認するか？」

「ダーリン。浮気はダメダメ。ていうか、雑談配信になっちゃってるよ？　ダーリンがあたしとの関係を認知してくれないから……」

「その言い方やめてくれない？　なんか俺が悪いことしてるみたいになってるからな？」

「……あたしのことはいいの、でもお腹(なか)の子だけは……あなたの子どもとしてみてください……」

「本気でやめろ。何も関係ないからな」

「うん、冗談冗談。……そういうことにしておかないとね」

「だからその言い方をやめろ！　凛音！　助けてくれ！」

神宮寺リンネ〈ナカヨサソウデスネ〉

〈あっ、リンネちゃん白目向いてそう〉

〈コラボ配信したときのことでも思い出してるのか？〉

このまま玲奈のペースに巻き込まれてはいけない。

今日は凛音がいないので、俺が進行していかないといけないしな。

俺は一つ咳払いをしてから、歩き出す。

「もうオープニングトークは十分だろ。さっさと行くぞ」

「あっ、待って待って。うん。それじゃあ皆。ここからはお兄さんにとって都合のいい女になるね……」

〈おう。さっさと画面から消えろ女狐〉

〈うちのお兄様を困らせやがって……〉

コメント欄が何やら不穏ではある。

……さすがに、何かフォローしてやらないと、玲奈に色々と被害が出るかもしれない。

ネットというのは恐ろしいものだしな。

「まあ、そこまで困ってはいないから。何かこいつにするのはやめてくれ」

一応のフォローをしてやると、コメント欄はそれはそれで発言が過激なものになっていく。

〈なに!?〉

〈本当は喜んでいるのかお兄さん！〉

〈お兄ちゃん、どういうことなの!?〉

「……ああ、もう面倒くせぇなおい！　おまえどうすんだこの空気！」

「楽しそう！」

「んな無邪気な言葉で終わらせるなっ。おら、行くぞ！」

……とりあえず、俺と玲奈の関係については視聴者も分かっただろう。

いつも通りのやり取りを終えたところで、俺は95階層へと歩いていく。

俺たちが移動して先へと進むと、黒竜が出現する。

〈……出やがった〉

〈ていうか、今回は黒竜の先に行くんだよな……？〉

〈ってことは、こいつを倒すってことだよな？〉

〈いや、倒せるのは分かってるけど……〉

〈黒竜の先。楽しみだな……っ〉
「よーし！　色々溜(た)まってるのこいつにぶつけてやるぞー！」
〈黒竜くん逃げてー！〉
〈お兄ちゃんの理不尽な怒りが、黒竜へ襲いかかる……！〉
〈完全にとばっちりで黒竜くんが可哀想(かわいそう)……〉
「カメラはばっちり準備してるからね。ダーリン頑張って」
黒竜はギロリとこちらを睨(にら)み、
「ガアアア！」
咆哮(ほうこう)をあげる。凄まじい迫力とともに、すぐに火のブレスが放たれる。
狙いは、玲奈のほうだ。しかし、玲奈は片手を振り、火魔法を放った。
黒竜のブレスと玲奈の火魔法がぶつかり合う。
そして……相殺された。
〈うお!?〉
〈マジかよ!?〉
〈レイナちゃん……そういえばSランク冒険者だったな……〉
玲奈はさらに手を振ると、追撃の火魔法が黒竜へ襲いかかり、その体を吹き飛ばす。

〈あれ？　もしかしてレイナちゃんでも黒竜倒せるのか!?〉

〈いや……見てみろ！〉

玲奈の魔法を受けた黒竜は……しかし、あっさりと体を起こした。

外傷はまったくない。

〈うわ、まじかよ……〉

〈レイナちゃんの魔法すげぇ威力に見えたのに、無傷かよ……〉

〈黒竜は攻撃力も高いが、何より防御力がやばいんだよな……〉

玲奈は笑顔を黒竜に向けると、黒竜は警戒した様子で彼女を見ていた。

「……グルルル」

黒竜はじっと玲奈を見ていたが、その視線をこちらに向ける。

標的を玲奈から俺へと移したようだ。

そして、先ほどと同じように口を開いた。

放たれたのは、さっきと同じような火のブレス。俺目掛けて飛んできたそれを、俺は思い切り息を吸って……吐いた。

普通の人なら、深呼吸のようなもの。ただ、俺が全力でそれをやれば、ブレスのようなものになる。

黒竜の火のブレスを弾き返すと、黒竜は慌ててそれをかわした。

「ガアアアア！」

苛立ったように咆哮をあげた黒竜が尻尾を振り下ろしてくる。

……まあ、今日はあくまで通過点。時間をかけて相手をしてやる必要はない。

尻尾の一撃をかわしながら、全身を魔力で強化する。

地面を蹴り付け、黒竜へ一気に迫った俺は握りしめた拳を振り抜いた。

「おら！　この前麻耶が忘れ物しちゃった恨みでも喰らっとけ！」

「ガアア!?」

前戦ったときよりも力を込めた一撃によって、黒竜は吹き飛び……消滅した。

「ふぅ。よし、玲奈先行くぞ」

「はーい。やっぱ強いね、ダーリンは。負けてられないや」

てくてくとついてきた玲奈とともに、その次の階層へと向かう。

〈……相変わらずえげつないな〉

〈ていうか、黒竜って案外強くないんじゃないか？〉

〈感覚がマヒしてくるわな、こんなの見せられると〉

〈まあ、でも黒竜の能力的にSランク冒険者でも上位の方なら一人でどうにかなるって意

見もあるしな〉

〈それってつまり、お兄ちゃんもSランク冒険者ってことだろ？　それはそれでやべぇわ〉

「さて、それじゃあ世界初、黒竜の迷宮の96階層だ」

「そうだね」

〈おお！〉

〈ついに行くのか！〉

といっても、俺は行ったことがあるのであまりコメント欄の人たちのようには興奮しないんだよな。

「でも、ダーリンはもう96階層には行ってるんだよね？」

「何度か足を運んだことはあるな」

「結構魔物は強いの？」

「黒竜よりは弱いけど、94階層の魔物よりはやっぱ強いな」

「そうなんだぁ。ってことはやっぱり黒竜ってこの迷宮の中ボスみたいな感じなのかな？」

「たぶんな」

迷宮には中ボスと呼ばれる立場の魔物がいる。こいつは本来の階層に出現する魔物よりも強いことが多い。

階段を降りていった先の壁には96という数字が書かれている。

「はい！　無事96階層につきました！」

〈おお！〉

〈おめでとう！　￥10000〉

〈おめでとうございます！　￥10000〉

「スパチャもありがとな。さて、そういうわけでここから先に進んでいくわけだが……玲奈、何か感じるものはないか？」

まだ魔物の姿はない。

だが――こちらを警戒するように見てきている。

今の玲奈がそれを察知できてるかどうか……まあ普段の冒険者としての指導をしているときのように、聞いてみた。

「ダーリンの愛を？　ばっちしだよ」

「魔物の気配だ」

「もちろん」

まるで俺の愛があるかのように繋(つな)げないでほしい。
となると、狙われるのは玲奈からか。
そう思った次の瞬間。風を切るような音がする。
俺は即座に玲奈のほうへと片手を出し、その矢を掴(つか)んだ。
さらに周囲から放たれてきた矢を、玲奈が火の壁を作り出して弾(はじ)き飛ばした。
〈うお!?〉
〈どっから攻撃されたんだ!?〉
〈すげぇお兄ちゃん!〉
〈よく反応したな……〉
矢は魔力でできているようだ。
俺の魔力凝固と似たような原理でできた物質だ。少しすると、魔力の矢は消滅する。
〈今のはレイナを狙っていたのか?〉
〈お兄さんとレイナだったら、確かにレイナのほうがまだ倒しやすいもんな……〉
〈でも魔物がそこまで考えて行動してるって……かなりやばいな〉
集団戦闘の鉄則は敵の数を減らすこと。
賢い魔物はその鉄則に従い、今のような狙いをつけてくることがある。

そんなことを話していると、さらに数本の矢が飛んでくる。

「ダーリン、ちょっと下がっててね」

「ああ、任せる」

ここなら、今の玲奈にはちょうどいい訓練となるだろう。

別に今日は指導するために連れてきたわけではないが、せっかくだし俺の弟子の輝く姿を見せたいという気持ちもある。

玲奈はちらと視線を周囲に向け、火魔法を放つ。

絶え間なく飛んできた矢のすべてを弾き落とすと、向こうもこちらの実力を理解したようだ。

遠距離からの攻撃では倒せないと判断したようで、黒い影のような魔物が、姿を見せた。

そいつらは人型をしていて、それぞれが武器を持っている。

剣、弓、槍(やり)の個体か。先ほどの矢は、あの弓兵が放ったものだろう。

そして、その黒い影がこちらへと迫ってくる。

数は五体。……さすがに同時に相手するのはきついだろう。

「玲奈は一体やってくれ」

「分かったよ！」

そう言った次の瞬間、俺は地面を蹴って四体を巻き込むように突進しながら、拳を叩き込んで仕留めた。

「……」

「え？」という顔で残っていた魔物がこちらを見てくる。

そいつには玲奈の生み出した火の魔神が拳を叩き込む。

魔物は慌てた様子で跳んでかわす。しかし、その先に玲奈の放った火の矢が襲いかかり、魔物の肩を射抜く。

よろめきながら立ち上がったそいつに、火の魔神が再び拳を叩き込み……無事討伐完了。

「問題なさそうだな」

「……結構、ギリギリだけどね」

玲奈は笑顔を浮かべていたが……まあ火の魔神は玲奈の切り札みたいなものだからな。

火の魔神を消滅させながら笑いかけてきた玲奈に、俺は頷いて返す。

〈……どっちも強すぎじゃねぇか？〉

〈黒竜との戦いを見るに、お兄ちゃんの方が強いのは間違いないんだろうけど……もう次元が違いすぎて分からん……〉

〈お兄様……素敵です……〉

〈ああ、今日も美しいですお兄様……！〉

コメント欄は……驚きか信者のような賛美のどちらかだ。

「ねえ、ダーリン。この魔物って名前とかあるの？」

「特にないけど、何か呼びたい名前とかあるか？」

「うーん……似たようなのだと、シャドウファイターとか？　でも、そいつらって確かCランク迷宮とかに出てくるやつだから……ちょっと違うかも？」

「じゃあ、シャドウファイター2とか呼べばいいのかね？」

「どうせだったら、シャドウナイトがいいかな！」

「まあ、好きに呼んでくれ」

そんな会話をしていると、さらにまた集まってきた。

数は三体か。

「玲奈、やるか？」

「……さすがに、連続で戦えるほどの余裕はないかなぁ？　ダーリン、頑張って！」

「了解」

三体が、同時に動く。弓が引かれ、矢が放たれる。まっすぐに飛んできた矢は俺を狙っている。同時に、左右から剣と槍を持った個体が迫ってくる。

連携のとれたいい攻撃だ。

まとめてかわすのは本来なら難しいだろう。

だが俺は、それを正面から迎え撃つ。全身の身体強化を強める。

右から襲い掛かってきたシャドウナイトの一撃を……かわさない。驚いた様子でシャドウナイトが剣を振り下ろしてきたが、それを頭突きで破壊する。

慌てた様子で仲間が槍を突き出してきたが、それは拳を振り抜いて破壊する。

すぐに体勢を立て直そうとしたシャドウナイトたちだったが……俺は笑顔とともに距離を詰める。

「逃がすと思ってるのか？」

言い残した直後。

その背後を取り、俺は一瞬で二体の首をはねるように手刀を放った。

残るは、一体。

「……！」

弓を構えたシャドウナイトは、狙いを俺から玲奈に変える。

即座に矢が放たれるが、玲奈とシャドウナイトの間に入り、受け止める。

「お返しだ」

掴んだ矢を投擲(とうてき)すると、シャドウナイトの体を貫通した。

「おお！　ダーリンさすがだね！　愛の力って偉大！」

「そうだな……麻耶への愛があるからこそ、この力は身についたわけだからな」

〈……戦闘があっさりすぎるぜ〉

〈この人……やっぱ異常だよ〉

〈Sランク級の迷宮の魔物と戦えるんだもんな……頭おかしいわ〉

〈文字通り、次元が違いすぎるわw〉

戦闘を終えた俺は服についた汚れを払うようにしてから、玲奈を見る。

「先に進むか」

「ラジャー！　そういえば、さっきコメント欄にいくつか質問あったんだけど、移動中聞いてもいいかな？」

「ああ、いいぞ？」

玲奈もちゃんと司会進行してくれるんだな。一応、彼女が小さかったときから見てきたわけで、その成長に感慨深いものを感じていた。

これが親心というやつなのかもしれない。

「玲奈ちゃんとの結婚式はいつですか？　だって！」

「しない！　以上！」

「ダーリンの言葉を翻訳すると、玲奈ときちんと話し合って決めます、だそうです！　ダーリン優しいね！」

「お前にとって都合良すぎる翻訳をするんじゃない！」

「さて、次の質問は……お兄ちゃんみたいに強くなるには、この前の配信でやってた指導の通りに訓練してたらなれるんですか、だって？」

……おお、今度はちゃんと質問っぽいな。

「まあそうだな。毎日やってれば、このくらいはできるようになるな」

それにプラスして、限界の戦いを経験していけば成長はさらに早まるだろう。

……俺が冒険者を始めたときは、毎日死にかけてたからな。

ただ、万人におすすめできるものではないので、そこまでは伝えない。

「うはー、凄いね。さすが、あたしのダーリン」

「ダーリンじゃないが。ただ、指導した内容はあくまで基礎だからな。今後成長していけばそれに合わせて調整も必要になってくる。そうやって、毎日試行錯誤しながら迷宮に潜り続ければ強くなっていくよ」

「そうなんだ。ダーリンも毎日入ってるの？」

「今はそこまでだな。ただ、安定して稼げるまではずっと入っていたぞ？　俺だって初めはGランク迷宮から攻略していったんだから、皆俺くらい戦えるようにはなるはずだ」

俺だって特別最初から強かったわけじゃないからな。

〈さすがにそこまでは……無理じゃないか？〉

〈……限界はたぶんあるだろうけど、まあ努力しまくればAランク冒険者くらいにはなれる、とは言われてるよな〉

「あたしも頑張らないとっ。そういえばダーリンの昔話とか聞いたことないかも。どんな感じだったのか教えてもらってもいい？」

昔話ねぇ。

話しながら、襲い掛かってくるシャドウナイトたちを撃退していく。

〈片手間で倒される96階層の魔物たちｗ〉

〈俺たちは何を見せられてるんだ？〉

〈ていうかもうこれ黒竜の迷宮っていう名前から変わるかもしれないよな〉

〈まあでも、分かりやすい危険度は黒竜のままだよな〉

〈それこそお兄さんが死ぬようなことがあれば、その階層の名前がつきそうだよな〉

〈不吉なことというなよな……〉

〈お兄さんの昔話聞きたいかも〉

〈こんな化け物の昔話とか参考になるのか？〉

「昔話ねぇ。さっきも言ったけど、Gランク迷宮から攻略始めたんだよ。ソロだとどこから襲撃されるか分からないから常に周りを警戒して、だんだんと警戒していると魔力を感じ取れるようになっていって。こちとら生活費を稼ぐために必死だったから、毎日死に物狂いで試行錯誤して、怪我(けが)しながらここまで来たんだよ」

そう言ったところで、俺は服を僅かにめくる。

そこにあった傷の数々を見せると、コメント欄もざわめいている。

〈なんだよこれ……〉

〈戦場帰りか？〉

〈……能力の高いヒーラーがいれば、欠損もすぐ治療すれば治るけど……ソロだもんなあ〉

〈ポーションとかじゃここまでの傷治せないもんな……〉

〈第一、ポーションは全体的に値段も高騰してるしな〉

〈お兄さん、めっちゃ苦労してたんだな〉

そう、俺だって苦労しているのだ。

だから玲奈よ、もうちょっと俺に優しい発言をしような？

「だからまあ、最近なんかソロで攻略しようとしている人もいるみたいだけど、それはちょっと危険だからおすすめはしない」

「結構いるみたいだよね。ダーリンのせいだー」

「俺は別に見せびらかすつもりはないからな？」

玲奈が冗談めかした様子で言ってきているが、これは警告でもある。

ソロで潜るなら危険だということは理解してもらわないとな。

とはいえ、本気で迷宮を研究して挑戦していけばその危険を限りなく減らし、いずれは攻略できるようになっていく。

結局のところ、挑戦者の本気度次第だろう。

戦闘が落ち着いたところで、玲奈が目を輝かせながら近づいてくる。

「ダーリンの腹筋……触ってもいい？」

「別にいいけど……」

「やった！」

〈草〉

〈こいつ……〉

〈はい炎上〉

〈お兄様に触れるな！　女狐！〉

コメント欄がちょっとばかり荒れていたが、すでに玲奈の手は俺の腹に伸びている。

少しだけひんやりとした彼女の手が撫でる。

「わー、いい腹筋だね」

「まあ、迷宮に入ってれば勝手に体は鍛えられていくからな。ていうか、しばらくはこんな感じの戦闘が続いていくけど、配信は大丈夫か？」

俺が敵を葬り去るだけの、単調な画が続いてしまっているだろう。

途中までは玲奈にも戦ってもらっていたが、黒竜とシャドウナイトとの戦いで魔力をそれなりに使っている。

玲奈、涼しい顔をしていたがあれでわりと全力でどちらも対応してるからな……。

「大丈夫じゃないかな？　まあでもダーリン強すぎて画にならない問題はあるね」

「もうちょっと苦戦してみせたほうがいいか？」

「うーん、それもありかも！　次の配信のときはそういう感じでいこっか」

「おー、了解」

〈ふざけてんのかこの人たちはw〉

〈……なんでこんな低ランク迷宮の攻略配信みたいな空気になってんだ？〉

〈この人たちマジで気楽すぎないかｗ〉

〈あれ？　ここってＳランク迷宮だっけ？ｗ〉

　っていってもな。

　俺にとってこの階層の魔物は格下でしかない。

　苦戦する画はなかなか見せられそうにないんだよな。

「まあ何か質問とかあれば答えていくって感じでいいかな？」

「まあそれでいいけど」

「はいはーい。ダーリンの許可も出たから質問タイムね。皆ばしばし送ってきて！」

〈質問です！　好きな女性のタイプはありますか!?〉

「だって！　もう、あたしみたいな子だよねダーリン！」

「玲奈と真逆のタイプで」

「ダーリンはあたし以外興味ないみたいだよ。他に何かある？」

〈ロクに質問に答えてないｗ〉

〈お兄さんはこの前みたいに武器を使わないんですか？〉

「魔力凝固で毎回作るのも面倒だし、基本的に武器は使わないな」

「別に武器とか買ったらいいんじゃない？」

「いや、武器って消耗品だろ？　使ってたら劣化していくし……何より金がかかるんだよ。低ランク迷宮攻略してたときに、費用対効果考えてもったいなくて使わなくなったなぁ」

〈草〉

〈金は切実な問題だから……〉

〈確かに、いい武器買っても使えば使うたび消耗していくからなぁ〉

「今はもう金に困ることはないけど、まあなくても問題ないし……鍛えていけば体だけで戦えるからこれで十分だ」

「でも、武器を使ってるところを見たいって声もあるよ！　ほら、指導するつもりで使ってみたらどう？」

そう言って、玲奈は背負っていた槍(やり)をこちらに差し出してくる。

槍、か。

槍を玲奈から受け取った俺は、少し息を吐いてから何度か素振りをする。

とても軽い。何か特殊な加工がされているのか、見た目とは釣り合わない軽さだ。

くるくると片手で回しながら、玲奈に問いかける。

「これかなりいい槍だな」

「前に鍛冶師の人とコラボしたときに作ってもらったんだよね。かなりの腕だったよ」

玲奈って……謎に交友関係が広いんだよな。

「なるほどな。ただ、完全に玲奈用に作られてるからちょっとそこは俺には合わないな」

「まあ、そこはね。それじゃあ、ちょっとお手本で戦闘してもらっていい？」

少し俺が使うには得物として短いんだよな。

そんなことを考えているとシャドウナイトが現れた。剣を持った個体が三体か。

迫ってきたシャドウナイトたちだったが、俺は槍先に魔力を集め、突き出した。

「あれ？」

玲奈が首を傾げた次の瞬間。

こちらに迫ってきていたシャドウナイト二体の胸に穴が開き、倒れた。

突きを飛ばしての一撃。

残りは一体。

魔物としての本能なのか、怒りに任せるように突っ込んできたのだが、そいつが俺に届く前に同じ要領で攻撃して仕留めた。

〈……はい？〉

〈あれ？　槍で戦う？〉

〈な、なにが起きてんだ!?〉

〈これって槍で戦ってるんですかね？〉

「ダーリン！　皆から困惑の声があがってるよ！」

「何がだ？」

「さっきの遠距離突き攻撃について、たくさんコメントがきてる！　もう何が何なのってくらい驚かれてる！」

「ああ、それか。原理としては槍に魔力を纏わせて、それを放っただけだ。勢いよく振ればあんな感じで使えるんだ」

〈は？〉

〈何言ってるんだこいつ……？〉

〈お兄様素敵です……〉

〈もうね。凄い以外の言葉が出てきませんよ……〉

〈本当にこいつやばすぎるｗ〉

「ちなみに、あたしも突きを放つってできる？」

「できると思うけど、玲奈なら魔法攻撃のほうが威力も発動も早いから不要だと思うぞ？」

だから、これまで教えていなかったんだし。

「やりたい！　かっこいいじゃん！」

〈草〉

〈分かる〉

〈理屈じゃないんだよな〉

……まあ、玲奈やコメントの意見も分からんでもない。

俺が今みたいな攻撃をしたのだって、動機は同じだし。

「ちょっとやってみろ。魔力を槍に纏わせることはできるだろ？」

「任せて！」

笑顔とともに答えた玲奈が、こちらに手を差し出してくる。

彼女が持っていたスマホを受け取った後、交換するように槍を渡すとすぐに玲奈が魔力を槍に纏わせる。

ただ、普段教えているように武器全体に魔力を纏わせてしまっている。

今回の攻撃でいえば、そんなに魔力は必要ないんだよな。

「魔力の質が悪い。ちょっと調整するぞ」

彼女の肩に手を乗せ、魔力を操作する。とたん、玲奈は甲高い声をあげる。

「うひっ⁉　ダーリンに体の中弄られてるよぉ……」

「誤解されること言うんじゃない。こんな感じの魔力だ。分かったか？」

彼女が槍に纏わせている魔力を修正すると、しばらく玲奈はその魔力を確かめるようにしている。

目を閉じ、じっと魔力を感じ取っていた彼女は、それから槍を突き出した。

次の瞬間、玲奈の少し先にあった地面が僅かに捲れた。

さらに玲奈は突きを連打し、そこにいくつもの穴を開ける。迷宮は非常に頑丈であり、傷つけてもすぐに再生していくが……問題なくできたな。

……まだまだ威力は低いが、ほぼ習得したようだ。

嬉しかったようで、玲奈は浮かべた笑顔をこちらに向けてきた。

「さすがに、天才だな」

「えへへ、ダーリンの教え方がうまかったからね。……なるほどねぇ、こんな感じで使うんだ。魔法とはまた別の使い方ができそうだね」

「まあな、あくまで魔力操作の基礎を身につけてないと使いこなせないからな。まずは身体強化とかの基本をある程度できるようになってから訓練したほうがいい」

「だそうです。視聴者の皆！　レッツトライ！」

〈こいつら、やばすぎる……〉

〈お兄さんのせいで霞んでたけど、レイナちゃんもたいがいやべぇんだよな〉

〈そのレイナちゃんですら苦戦する迷宮の魔物を蹂躙できるお兄さんって……もうパワーバランスがおかしすぎる……〉

俺は玲奈と雑談をしながら先に進んでいった。


100階層へと繋がる階段を歩いていたときだった。

「ひょ？」

玲奈が奇妙なうめき声をあげる。

いつもの奇声だと思って無視していたのだが、バシバシと背中を叩かれる。

「ダーリン。今の視聴者三十万人超えてるよ！　ていうか、今もまだ止まらないんだけど！」

「そうなのか？　それって多いのか？」

「滅茶苦茶多いよ！」

〈ちょうどいい夜の時間だしな……〉

〈Ｔｗｏｔｔｅｒ（ツウォッター）のトレンドに入ってたぞ？〉

〈そっちから来たわｗ〉

〈ていうか、女子高生とおっさんのＳランク迷宮とか珍しすぎてなｗ〉

「誰がおっさんじゃボケ」

〈草〉

〈おっさん頑張って！〉

　このコメント欄どもめが！

「ダーリン落ち着いて。ていうか、初見さんも多いみたいだね！　このチャンネルはあたし、真紅レイナとダーリンのカップルチャンネルなんだよね！　皆誤解して帰ってね！」

「んな日本語の使い方があるか。俺の可愛い（かわい）可愛い妹のマヤチャンネルをよろしくなー」

〈こいつらロクなこと話してないぞ……〉

〈でた、お兄さんのダイレクトマーケティング……〉

〈お兄さんの視聴者が増えれば増えるほど、兄の情報について話してくれるマヤチャンネルの視聴者も増えていくというね〉

〈皆も早く、妹と兄を手に入れよう！〉

〈お兄様、頑張ってください！〉

視聴者たちは、俺と麻耶の間になるらしい。俺から見れば弟、妹、麻耶から見れば兄、姉といった感じである。

「そしてなんと、今なら妻もついてくる！」

「ついてこないぞ」

「いざってときはあたしが勝手についていくから大丈夫！」

「ただのストーカーだからな？」

……などと、ふざけていたのだが、今もさらに視聴者は増えているようだ。

この迷宮攻略に日本の多くの人が注目している、ということだろう。

いや、日本だけじゃないな。海外の人と思われるコメントも多くある。

少しの間雑談をしたところで、俺たちは迷宮の100階層へと向かう。

「それじゃあ100階層に降りるか」

「了解！　あたしは撮影係に徹するね？」

「ああ。階段から出てきてもいいが、気は抜くなよ」

「了解！」

彼女とともに俺は階段を降りていく。

階段を降りていくたび、おぞましいほどの魔力の圧力を感じる。

玲奈も、ここまで大きな魔力ともなると分かるようで、その表情が険しくなっていく。

「これ、視聴者さんに体験させたいんだけど、めちゃくちゃ凄いよ……魔力。あたしでも凄い感じるよ。ダーリン、これ視聴者に体験させる手段ってないかな？」

「なら、今度視聴者とここでオフ会でもするか？」

「あっ、それいいかも！」

〈こんなところでオフ会開かれても誰もいけねぇよｗ〉

〈そんなにやばいのか……〉

〈でも、高ランク迷宮は体調を崩す人もいるって聞いたことあるな〉

〈ここまで来れるってことはレイナちゃんも凄いんだよな〉

階段を降りていき、いよいよ１００階層攻略開始だ。

１００階層はボスフロアだ。

円形の広大なマップには一切の障害物がない。

魔物が出現するまで進んでいくと、進行方向に霧が集まっていく。

そいつはやがて、ある魔物の姿へと変化していく。

両足でしっかりと立ち、ぎろりとこちらを睨むそいつは竜のような見た目をしている。

ただ、黒竜に比べるとより陸に適した進化をしていて、立つために発達した両足は筋肉で膨れ上がっている。

「こいつって……またドラゴン？」

玲奈の問いかけに、俺は頷いた。

「ああ。黒竜に合わせるなら、赤竜ってところだな」

「翼はあるけど、そんなに飛べない感じかな？」

「だな。滑空くらいが限界だ」

平然な様子を装っているが、玲奈の頬はさすがにひくついていた。

黒竜よりもさらに上位の存在と理解したのだろう。

「……」

ぎろりと爬虫類特有の瞳がこちらをとらえた。

赤竜の標的になったのは、俺ではなくやはり玲奈だ。

地面を踏み付けながら、翼を広げる。

そして、赤竜は強く地面を蹴り付け、その勢いに乗るように翼を広げ、滑空する。

玲奈に向けて拳を振り抜いたが、そこに割り込んだ俺が拳を合わせる。

お互いの魔力同士がぶつかり合い、衝撃が走る。

まるで鋼鉄同士がぶつかったような音から遅れる形で、赤竜が吹き飛んだ。

だが、すぐに地面を蹴り付け、赤竜は俺の側面に回る。

尻尾（しっぽ）が鞭（むち）のように振るわれたが、しゃがんでかわす。

かわした先には赤竜の足が迫っていた。それを俺は腕でガードする。

ミシミシと衝撃が伝わる。かなりの筋力だ。

だが、俺は赤竜を超える身体強化とともに、腕を振り抜き蹴りを弾（はじ）く。

よろめいた赤竜へと蹴りを放つと、赤竜の右腕が吹き飛んだ。赤竜は即座に後退する。

このやり取りが一瞬で行われた。

固まっていた様子の玲奈をちらと見ると、彼女は慌てた様子でカメラを俺と赤竜が映るように向けている。

このまま黙っていても仕方ないだろうし、俺は解説をしてあげることにした。

「まあ、だいたいこんな感じだな。赤竜はかなり肉体を使って攻撃してくるから、挑戦したい人は気をつけてくれ」

「だ、だそうだよ！　皆、がんばってね！」

〈いや、挑むやついないから……〉

〈絶対無理だからｗ〉

〈この戦いの時点でもうついていける気がしねぇよｗ〉

〈お兄様……かっこいいです……〉

赤竜がこちらの様子を窺っている間、俺はスマホの画面を眺めていたが、そんな絶望に溢れたコメントばかりだった。

しばらくして、赤竜は咆哮をあげ、腕を復活させた。

〈腕生えた!?〉

〈こいつ再生するのかよ!?〉

〈ってことは一気に仕留めるしかないのか？〉

目で見えるものだけを判断すれば、そうなってしまうだろう。

だが、赤竜の再生は無限ではない。腕を生やすために多くの魔力を消費することになる。

「再生はしても赤竜の魔力は減ってるからな……って、解説の途中なんだが？」

突っ込んできた赤竜が摑みかかってきたので、俺も両手でそれを押さえる。

お互いが手を合わせるようにして力比べをしているとき、尻尾が振り抜かれる。

逃げようとするとぎゅっと手を摑まれる。まるで恋人繋ぎのような形となってしまい、逃げられない。

「ガアア！」

勝ち誇るような咆哮だった。

だが、俺はその指をすべてもぎ取って脱出する。

そして、すかさず振り抜かれた尻尾を受け止める。

そのまま、その巨体を地面に叩きつけ、怯んだところで赤竜の腕を潰した。

逃げようとしたので尻尾を掴むと、トカゲのように切って逃げられる。

「……」

赤竜は肩で息をするようにして、全身を再生させた。

しかし、ボロボロだ。

赤竜は完全に俺を恐れているようにも見える。最初のような威勢はすっかり感じず、俺が一歩近づくたび怖気づいたかのように後ずさりしていく。

「こんな感じで再生するたび魔力を消費していくから、完全に再生するわけじゃないんだよ」

「ってことは、傷をつけまくればどんどん弱くなると？」

「そういうことだ。ただまあ、他の魔物のように腕を切った程度でぬか喜びしないようにな」

ただ、再生されたからといって絶望する必要もない。

そんな塩梅の魔物だ。

「なるほど、倒し方はだいたい分かりましたね。皆さんも参考にしてね」

〈参考になるかボケが〉

〈なんか凄い講座感あるけどやってることが異常なんだよw〉

〈誰向けの解説なんだよw〉

「とりあえず、ここまできたら戦闘力は黒竜くらいまで落ちてくるからな。あとはもう油断さえしなければ負けることはないからな」

そう言ったとき、再び赤竜が突っ込んでくる。

赤竜は残り少ない魔力で必死に身体強化を行っているようだ。

無理やり戦闘能力を引き上げているが、赤竜の体がどれだけ持つか。

まあ、最後の殴り合いだ。付き合ってやろう。

俺も赤竜に合わせて身体強化を行い、拳を振り抜いていく。

ほぼ互角の殴り合い。ただ、赤竜のほうが魔力の消耗は激しく、時間をかければかけるほど、俺が優勢になっていく。

動画映えも意識して、加減していたが……さすがにもういいか。

赤竜の振り抜いてきた拳をかわし、背後を取った俺は背中を蹴り飛ばした。
赤竜の体は吹き飛び、ぐらりと体が傾く。
ドサリと倒れると同時、その体は霧のように消えていき――
「というわけで、１００階層突破だな」
ドロップした魔石を拾いながらスマホを見ると、
〈すげええ！〉
〈おめでとう！　¥１００００〉
〈１００階層も無事突破かよ〉
〈これをリアルタイムで見られるとか、感動がヤバすぎるわな……〉
〈ていうか、１００階層でも最下層じゃないのか……？〉
〈明日のニュースにまたお兄さん出るなこれｗ〉
称賛と困惑の入り混じった不思議なコメント欄が出来上がっていた。
とりあえずこれで今回の目的は終わり俺が伸びをしていると、玲奈が問いかけてきた。
「ダーリン、今日はここまでにする？」
「そうだな」
俺は頷く。

まだまだ余裕があるとはいえ、行けるところまで行ってしまったら今後の配信で見せるものもなくなる。

それに、事前に伝えていた目標はここまでだったので、視聴者としても一息ついてしまい、抜けていく人も出てくるだろう。

「それじゃあ、今日はダーリンとあたしのラブラブ配信いかがだったかな？　今日はここまでだよ！　ここから先はR18だよ！」

「何もねぇよ馬鹿」

〈レイナ！　お兄様に何かしたらぶっ殺すぞ！〉

〈まあお兄様なら大丈夫でしょ……お疲れ様でした！　またお兄様の配信楽しみにしてます！〉

〈お疲れさまでした　￥4000〉

〈おつです。今後も楽しみです！　￥3000〉

〈次の配信も楽しみにしてますね！〉

〈お兄様、また来ますね！〉

そんなコメントたちを最後に、配信は終了となる。

玲奈と合流してから、転移石のほうへと向かって歩いていく。

　１００階層を無事攻略したので、これで玲奈も次からはここまで来ることができる。

　玲奈が笑顔とともに口を開いた。

「ダーリン。お疲れさまー」

「まあ、俺はいつも通りだったけどな。おまえは大丈夫だったか？」

「うん、いい経験もできたし大丈夫だよ。それに、あたしとダーリンの関係についても話せたしね！」

「……あれで誤解するやついるのか？」

　俺含め、コメント欄でもまったく賛同する人はいなかったが。

　むしろ、玲奈が炎上するのではないかという心配もあるくらいだった。

「誤解してくれたらいいよねー。ほら、迷宮の外出よう出よう」

　玲奈が転移石へと小走りで向かい、俺もそのあとをついていき迷宮を脱出した。

　玲奈を一人で家に帰しても問題ないと思うが、まあ一応彼女も女子高生だからな。

　駅までは送っていったほうがいいだろう。

　迷宮から出た帰り道。夜空を眺めながらのんびりと歩いていると、玲奈がぽつりと問いかけてきた。

「ねぇ、あたしとダーリンが会ったときのこと、覚えてる？」

「迷宮爆発が発生したときのことか？」

「うん、そのとき。あれもこのくらいの時間だったなぁって思って」

「……そういえば、そうだったな」

「いやあ、ほんと助けてもらってありがとうって感じでね。あのときダーリンが使ってくれたポーション、結構高かったでしょ？」

「まあ、高くはあったが人の命よりは安いぞ？」

すでに玲奈とその両親はボロボロの状態だった。

両親は魔物にやられ、放っておけば死にそうな状態だった。

玲奈がまさに魔物たちに襲われそうになっていたところで、俺が到着し持ち歩いていたポーションで両親を回復させた、という感じだ。

「だけど、まったくお金とか受け取ってくれないし！　お礼できてなくてパパとママも困ってたんだからね！」

「別にお礼目当てで助けたわけじゃないし」

「でもせめてポーション代くらいはもらってほしいものだよ！」

といっても、それこそ俺が勝手に使っただけだ。

人によっては、「勝手に回復させておいて」という人もいるのだから、玲奈の両親たちはかなり真面目な人だ。

「でも、なんかそれでお金受け取るのも俺としては違う感じがしてな。まあ、もう気持ちはもらったから十分だって」

「十分じゃないの！　とにかく、まだ恩返しができてないからあたしがダーリンと結婚するってことにしたんだからね！」

「恩返しが結婚って……どういう思考回路してるんだ？　両親はなんて言ったんだ？」

「いいね！　って」

「そうだった……玲奈の家は家族全員ネジ外れてるんだった……」

「ねね。あたしって可愛いし、尽くすし、悪くないでしょ？」

体を寄せてきてにこりと微笑んでくる玲奈に、俺は小さく息を吐いた。

その肩を押し返すようにして、俺は彼女に背中を向ける。

もう駅近くなので、玲奈一人でも大丈夫だろう。

「恩返しなんて考えなくていいから。玲奈が楽しくやりたいことやって生きてる姿が見られれば、それだけで十分だからな」

それが俺の本心だ。

そう伝えて歩き出した俺の背中に、玲奈が飛びついてきた。

「じゃあ、やっぱりあたしはダーリンと結婚しないと！　あたしにとって一番の幸せなんだしね！」

「……おまえな」

「そういうわけで、これからもよろしくね！」

「……へいへい」

「それじゃあ、あたしは帰ります！　またね！」

ひらひらと手を振って、俺は玲奈と別れた。

玲奈は俺と一緒にいるとき、楽しそうにしてくれている。

……その楽しそうに生きている姿が、俺の見たかったものだが、それには俺がいる必要があるのだろうか？

ううむ、難しい。別に俺、結婚は考えてないからな……。

まあでも……まだしばらくは一緒にいてやるとしようか。

俺としても、別に楽しくないわけではないしな。

第四章　ギルドコラボ

ギルド。それは迷宮に関する様々な問題を解決するための民間組織だ。

日本国内にも様々なギルドがあるのだが、その中の一つ【雷豪】ギルドは国内最強と呼ばれていた。

彼らが最強と呼ばれる所以（ゆえん）は、所属している冒険者の人数や質がいいのはもちろんだったが……リーダー武藤（むとう）の実力が圧倒的だったからだ。

そんな彼らの目標は、黒竜の迷宮にいる黒竜を仕留めることだったのだが、

「え？　……黒竜が攻略された？」

迷宮から出た武藤は、拠点として使っていた海外のホテルで、秘書にそう聞き返していた。

ずっと一人で迷宮に潜っていた武藤は、迷宮内の回線が悪いこともありほとんどインターネットには触れていなかった。

そんな生活をずっとしていたため、こうして黒竜が討伐されたことを知るまで時間がかかってしまった。

「ええ、そうなんです」

「なるほど、な。……黒竜の迷宮の攻略をしたのは、海外のギルドか？　日本の協会がまさか、攻略依頼を出したのか？」

すぐに武藤はそう判断をし、浮かんだ疑問を口にする。

武藤がそう判断した理由は簡単だ。かつて、【雷豪】ギルドは黒竜の迷宮の攻略に失敗した。

国の依頼を受け、黒竜がいる95階層に到着した【雷豪】は、当時のリーダー志藤を失う形で敗北していたからだ。

つまりまあ、この世の中に黒竜の脅威を知らしめたのが、まさに【雷豪】ギルドだった。

そして武藤は、それから黒竜を倒すことだけを目標に、冒険者として厳しい鍛錬を行い続けていた。

「いえ、それが……日本人です」

「……まさか、他のギルドか⁉　僕が迷宮にいる間に、そんな力をつけていたなんて……まさか、御子柴さん率いる【ブルーバリア】かい？　確かに、彼女の伸び代と魔法の能力を考えれば――」

「いえ、その……もう説明面倒なんで、こちらの配信を見てください」

「……配信？」

秘書が差し出したスマホの画面に視線を落とす。

チャンネル登録済み、と表示されているそのチャンネルに武藤は困惑しながら、始まった動画を見る。

そこには二人の男女がいて、まさに今ワープの罠にかかり……そして、運悪く95階層へと飛ばされていく。

黒竜の前に放り出された二人。そんな分かりきっていた結果に、武藤は顔を顰める。

「……なんだこれは。未来ある二人の若者が死ぬ場面を見せるために、この動画を見せたんじゃ――」

「ああ、もううるさいです。お兄様が活躍するので、黙って見ていてください」

「お、お兄様……？」

鼻息荒くそう言う彼女からスマホに視線を戻すと、場面が動いた。

今まさに、少女が殺されそうになっている瞬間……その男が現れた。

そこからは、あっという間だった。

黒竜をまるで、赤ん坊のようにあしらい、討伐した。

「以上になります」

「な、なんだこれは……」

「これが今日本で流行っているお兄様になります。あと、こちらはマヤちゃんでしてお兄様の妹になります。あとでちゃんとお二人のチャンネル登録をしておきましょうね」

「え、えーと……もう何がなんだか……そのお兄様が黒竜を倒したことは、分かった。いや、分からんのだが……じゃあつまり、黒竜の迷宮を攻略したのか？」

武藤は自分の目標だった黒竜の討伐が先を越されたことに驚きはあったが、それはひとまず脇に置いて質問する。

そもそも、過去に【雷豪】が国から黒竜の迷宮を攻略するように依頼されたのは、他国のSランク迷宮が迷宮爆発を起こしたからだった。

その被害は地図を描き換えるほどであり、発生源の国とその周辺の大陸が破壊されることで、どうにか終息させることができた。

武藤の期待にしかし、秘書は首を横に振った。

「いえ、先日100階層までの攻略配信を行いましたが、まだまだ先があるようでした」

「……まだまだ、先がある……のか」

黒竜を討伐すれば、Sランク迷宮は終わりだと考えていた武藤たち【雷豪】ギルドにとっては、かなり衝撃を受けることになった。

　しかし、武藤は困惑や混乱がある中で、問いかける。

「……このお兄様という人は、どこかのギルドに所属しているのか？」

「無所属ですが、配信者の事務所『リトルガーデン』に所属しています」

「それなら、すぐに接触してくれ。契約金はいくらでも用意していい……彼を引き込めたギルドが、日本のトップギルドになるぞ……」

「……念のため、すでに連絡は入れていますがすべて断られています。……そもそも、彼ほどの実力を持つ者が、わざわざギルドに所属する必要もないと思いますし」

　秘書の言葉に頷(うなず)くしかない。

　黒竜を単騎で圧倒できるほどの人間が、わざわざどこかに所属する理由は少ない。ギルドに所属する人の多くは、充実した育成環境や安定した稼ぎなどを求めている。

すでに彼はその域から脱している。ある程度育った人がギルドから独立し、自分のギルドを設立することも珍しくなく、すでに彼はその領域にいる。

「それなら……交流だけでも持とう。どうにかして、お兄さんと接触する手段を考えてくれないか？」

「それでしたら……コラボ配信というのはどうでしょうか？」

　秘書は目をキラキラと輝かせる。

【雷豪】ギルドも配信サイトにてチャンネル運営を行っている。新規ギルドメンバーの募集や、冒険者としてのマナー講座などをあげている。

「……なんでもいい。とにかく、なんとしてでも交流しておく必要がある。……ギルドに引き込むことはできなくても、何かあったときに相談できるパイプが用意できれば、それだけでもギルドにとっての強みとなる」

「分かりました。それではすぐに『リトルガーデン』に連絡を行います！」

「……妙にやる気だな」

「私、お兄様の大ファンですので」

「……そういうことか」

先ほどから様子がおかしい理由を理解した武藤は、苦笑しながら装備を整える。

「迷宮攻略は無事終わったのですよね？」

「ああ。もう肩慣らしはできた。日本に戻り――黒竜の討伐を行う」

「はいっ。お兄様に会えることを楽しみにしております……！」

「少しは僕の戦いにも期待してほしいんだが……まあいいか」

不気味な笑みを浮かべる秘書にため息を吐きつつ、武藤は日本に戻る準備を始めるのだった。

俺は今『リトルガーデン』の事務所の休憩室に来ていた。

今日はここで霧崎さんと次の配信の打ち合わせの予定なのだが、休憩室にいるとかなり視線を集めていた。

若い女性が多いのだが、これすべて事務所の配信者たちなのだろうか？

「あの！　お兄さんですよね？」

まあそうなんだけど……いきなりその質問をされる人間もなかなかいないだろう。

「麻耶の兄だけど……」

「や、やっぱりそうなんですね！　わあ、生お兄様だぁ……私、お兄様のファンなんですっ！　あ、握手してくれませんか⁉」

「……まあ、いいけど」

目をキラキラと輝かせながら手を差し出してくる。

彼女を皮切りに、何か握手するための列ができている。

……なんか、有名人になってしまっている。

とりあえず全員と握手していると、麻耶と凛音がやってきた。

「あれ、お兄ちゃん？」

　不思議そうにこちらを見てくる二人。

　それはこちらとしてもそうだ。今日は麻耶も事務所に来てたんだな。

「麻耶ちゃんはともかくお兄さんがここにいるのって珍しいですね」

「そうか？　たまに来てるぞ？」

「でも、だいたい家にいるんですよね？」

「まあな。普段は麻耶のチャンネルしか見てないからな」

「他の人の配信とかは……見ないんですか？」

「見ない！」

「……た、たまには私の配信とかだって見てくれてもいいじゃないですか。一応、お兄さんの弟子ですよ？　今はDランク迷宮とかで戦ってますし……」

　ちょっとばかり凛音は頬を膨らませながらそう言ってきた。

　俺が休憩していた席に凛音たちが座り、テーブルに置かれていたお菓子をパクパクと食べていく。

　かなりの速度だ。

　あまり食べすぎると太るぞ、とは思ったが冒険者として活動している凛音には無縁の話なのかもしれない。

「Dランク、ってことは魔法も使っているのか？」

「使ってますよ。お兄さんのおかげで、わりと使えるようになってきましたからね」

「そうか。無理しないように頑張れよ。おまえに死なれたら俺も麻耶も悲しむからな」

俺が微笑みながら答えると、凛音はさっと視線を外した。

「……もう、そういう恥ずかしいことを正面から言わないでくださいよ」

「別に本心だしな。な、麻耶」

「うん、無理はしないでね？」

「もちろん。分かってますよ」

凛音は少し頬を染めながら微笑むと、麻耶が思い出したように声をあげる。

「そうそう。私と凛音ちゃんで今度一緒に配信するからね。お兄ちゃん、楽しみにしててよ！」

「絶対見る！」

「……麻耶ちゃんが絡むと反応早いんですね」

「当たり前だ。大事な妹なんだぞ？」

「そうですねー」

麻耶が嬉しそうに頭をかいている。……ああ、今日も麻耶は天使だ。

麻耶の笑顔さえあればこの世から争いはなくなるだろう。

そんなことを考えていたところで、休憩室の扉が開き、霧崎さんがやってきた。

「迅さん、お待たせしてしまって申し訳ありません。ちょうどコラボの依頼が来ていまして」

「え？　コラボですか？」

また玲奈のような相手ではないだろうな？

ちょっとばかり警戒してしまう。

「相手は……あの、大手ギルド【雷豪】から模擬戦のコラボ配信です」

そう言ったとき、きょとんとする俺と麻耶とは裏腹に凛音が驚いたように目を見開いた。

「き、霧崎さん！【雷豪】ってホントですか⁉」

「は、はい……。これまで通り断ろうかとも思ったのですが、念のため確認しようと思いまして……。今度、【雷豪】のリーダーである武藤さんと模擬戦をしてほしいという内容のコラボですね」

「……も、模擬戦って。え、Sランク冒険者同士の、ですよね？」

「はい……まあ、正確に言うと迅さんはSランク冒険者ではありませんが……」

能力の再検査をしたわけではないので、公式に残っている記録ではGランク冒険者である。

「……お兄さんでSランク冒険者でなければ今いるすべての冒険者のランクを見直さないとですよ！　お兄さん凄いですね！」

「よかった、でいいのか？　ギルド相手となると色々と面倒になるんじゃないか？」

「でも、大手ギルドとコラボ、それも模擬戦ともなれば恐らくかなり注目を集めますよ？」

「マヤチャンネルのアピールができる、ってことか……」

「……いや、まあ……はい、そうですねー」

「でも、模擬戦ですか……大丈夫なんですかね？　これでも俺、それなりに実力があるほうだとは思いますけど」

実際、黒竜を倒しているわけだしな。

俺の意見に、凛音は少し驚いたように目を見開き、声をあげる。

「……もしかしてお兄さん。最近のニュース見てないんですか？」

「最近は忙しくてな……麻耶の配信以外の時間はなかなか取れてないんだ」

「その時間に見れるじゃないですか！　……【雷豪】のリーダーである武藤さん、この前黒竜の単騎撃破を達成したんですよ？」

「え？　そうなのか？」

俺が純粋に驚いて声をあげると、霧崎さんが頷きながらスマホの画面を見せてきた。

「そうなんですよ。こちら、そのときに行った配信になります」

霧崎さんが見せてきた画面では、今まさに配信が始まったところだった。

忍者のような格好をし、小刀を両手に持った男性が恐らく武藤さんとやらなのだろう。

彼が一人黒竜へと向かい、その後ろから撮影班と数名の冒険者たちが見守っている。

武藤さんが地面を蹴ると、一瞬で黒竜の懐へと入った。

速い……。

黒竜はまったく反応できなかったが、頑丈な体で攻撃を受け止めている。

武藤さんはさらに消えるような動きで、常に黒竜の背後を取るように攻撃を続ける。

その体から、雷のようなものがバチバチと放たれているのが見える。

……雷魔法で肉体を強化しているのか。その速度は圧倒的で、黒竜に連撃を叩き込み、どんどん追い詰めていく。

だが、黒竜はしぶとい。何度攻撃を受けながらも反撃を放っていく。

……ただ、もう終わりだろう。

武藤さんが戦闘中に溜めた必殺の一撃が、叩き込まれる。

放たれた凄まじい雷撃が、黒竜の体に突き刺さる。

武藤さんがそれまで何度も切り続けた部位だ。脆くなっていた鱗を突き破り、黒竜の体を雷が貫き、仕留めた。

「へぇ……」

面白い相手だと思った。

模擬戦と聞いて少し不安だったが、これなら盛り上がりそうだ。

マヤチャンネルの登録者数も、きっと増えるだろう。

「相手としては不足ないと思います。まあ、最終的に決めるのは迅さんです。どうされますか？」

「俺は大丈夫です。あとは霧崎さんのほうでスケジュールとかを調整してくれれば」

俺がそう答えると、霧崎さんがぱっと笑顔を浮かべた。

「分かりました……！　それでは早速返答しますね！」

……どうにも、霧崎さんもこのコラボがやりたかったようだ。

彼女の希望を叶えられたのならよかったな。

霧崎さんは凄い勢いで去っていく。次の配信は、恐らくこれだろうな。

軽く伸びをしていると、凛音がこっちを見てきた。

「お兄さん……あっさりコラボ決めましたね」

「まあな。マヤチャンネルのアピールになるし」

「……もう、ほどほどにしてよね？　最近なんだか凄いファン増えてきて私も大変なんだから」

「それだけ麻耶が魅力的ってことだ！　皆に気づいてもらえて良かったな！」

「もう」

麻耶がぷくーっと頬を膨らませていたが、それさえも可愛(かわい)い。

……まあ、今回ばかりは俺の私情も挟んではいる。

──強い相手と戦えるというのは嫌いじゃない。

それも合法的にSランク冒険者と戦える場なんて滅多(めった)にない。

だからこそ、今回に関しては俺もかなり乗り気だった。

迷宮配信者事務所「リトルガーデン」について語るスレ１３９

１７８：名無しの冒険者
次のお兄様の配信決定したぞ

１７９：名無しの冒険者
マジじゃんって……またコラボ？

１８０：名無しの冒険者
って相手【雷豪】ギルドかよ!?

１８１：名無しの冒険者
ファーｗｗ　しかも模擬戦かｗ

１８２：名無しの冒険者
マｗジｗかｗよｗ

１８３：名無しの冒険者
【雷豪】ギルドとコラボって想像の斜め上すぎんか？

１８４：名無しの冒険者
お兄様ギルドに所属するのかね？

１８５：名無しの冒険者

いや、それはないだろうな
１８６：名無しの冒険者
もうチャンネルのほうに予約されてんな……
１８７：名無しの冒険者
マジか！　楽しみだ！
１８８：名無しの冒険者
模擬戦ってことは多分、武藤vsお兄ちゃんだよな？
Sランク冒険者同士の戦闘を見られるってことか⁉
１８９：名無しの冒険者
いや、一応お兄様はGランク冒険者だぞw
１９０：名無しの冒険者
お兄様マジで能力測定受けろよw
１９１：名無しの冒険者
でもSランク冒険者になったら面倒事が増えるのも確かだからなw
俺だってもしもお兄様くらいの実力あったらのんびり生きたいしわざわざ受けないかも
１９２：名無しの冒険者

武藤って確か滅茶苦茶(めちゃくちゃ)強いよな？
193：名無しの冒険者
この前黒竜も単騎撃破したしな
あれは完全にお兄ちゃんを意識してたんだろ
194：名無しの冒険者
黒竜の単騎撃破見てきたわ
めっちゃ速度やばいな
195：名無しの冒険者
お兄様がパワータイプだとしたら、武藤はスピードタイプだな
どっちが勝つかは正直わからん、おまえらどう予想する？
196：名無しの冒険者
普通にお兄様じゃないか？　黒竜を倒したときの迫力はお兄様のほうが上だし
なんなら、100階層の赤竜も倒してるだろ？
197：名無しの冒険者
俺は武藤だと思うわ
武藤はスピードだけならSランク冒険者でもトップクラスだけど、火力不足なだけだか

らな
たぶんだけど、お兄ちゃんの攻撃当たらんぞ？
１９８：名無しの冒険者
お兄ちゃんが一発でも当てられたらたぶん、お兄ちゃんが勝つけど……難しいだろうな
あ
１９９：名無しの冒険者
武藤は前リーダーが黒竜にやられてからずっと迷宮に潜りっぱなしだからな
さすがにお兄ちゃんでもきついと思うわ
２００：名無しの冒険者
実戦経験の数が違うもんな
いやまあお兄ちゃんも頻繁に迷宮には潜ってるんだろうけどさ
２０１：名無しの冒険者
テレビ見てたらニュースで取り上げられてて草
やっぱ日本最強のギルドにもなると注目度が違うわｗ
２０２：名無しの冒険者
この配信もうＴｗｏｔｔｅｒ（ツウォッター）のトレンド入ってんじゃんｗ

203：名無しの冒険者
注目度やばすぎだろｗ
204：名無しの冒険者
ていうか、この板的にはお兄さんのほうが負ける予想多いのか？
俺はお兄さんが勝つと思うけど
205：名無しの冒険者
＞＞204
信者はそう思いたいかもだけど、普通に武藤だわ
スピードはやっぱ、大事だろ
206：名無しの冒険者
冒険者板でもわりとそんな意見あるけど、黒竜相手に一方的なお兄さんが負けるか
……？
207：名無しの冒険者
＞＞206
黒竜相手にできても、武藤に同じことはできないよ
圧倒的に速度で負けてるからｗ

当たらなければ意味ないんですわ
208：名無しの冒険者
配信は土曜日か……
俺その日仕事はいってんだけど……
209：名無しの冒険者
＞＞208
社畜乙
俺は年中休みだからいつでも見れるわw

土曜日。本日は、【雷豪】ギルドとのコラボ配信を行うため、ギルドが管理している訓練施設へと来ていた。

ここはギルドメンバーの訓練施設としても使われているそうで、見た目は体育館のようになっている。

魔石を用いて特殊な加工が施されているそうで、少し暴れたくらいではびくともしないらしい。

日本では特に巨大地震などの自然災害が多いため、こういった加工技術が海外よりも進んでいるとかは聞いたことがあるな。

配信の準備もすでにできている。今日はすべて【雷豪】ギルドが準備をしてくれていて、周囲にはいくつかのカメラがある。俺のチャンネル配信用のものと、【雷豪】ギルド用のものだ。

壁には巨大なモニターがついていて、そこで配信の状況をリアルタイムで確認できるようになっていた。

人もかなりの数がいる。【雷豪】のギルドメンバーと思われる人たちも見にきているようだ。

魔力反応がどの人たちもかなりある。皆、こちらを観察するように見ているな。

「なんか気合い入ってますね」

「そりゃあ……そうですよ。現状、武藤さんは日本最強ですからね。それと迅さんが戦うんですから、本来お金が取れるくらいの試合なんです」

「武藤さんのほうはともかく、俺なんてただの麻耶ファンですよ？」

「ただの麻耶ファン、で片付けているのはお兄さんだけですよ」

霧崎さんがため息混じりにそう言っていると、奥から武藤さんがやってきた。

忍者のような服装に身を包んだ彼は、笑顔とともにこちらへ向かってくる。

それが彼の戦闘スタイル、なんだろう。この前黒竜と戦ったときにも同じ服装だったしな。

武藤さんは笑顔とともにこちらへ歩いてきて、手を差し出してくる。

その手を握り返すと、武藤さんは口元をさらに緩めた。

「会えて光栄です、鈴田(すずた)さん……えーと、お兄さんと呼んだほうがいいかな？」

「いや、それは勘弁してください。こっちも、武藤さんと模擬戦ができるのを楽しみにしてましたよ」

「そうですか？　僕もかなり楽しみでして……ヒーラーも大量に用意しているから、お互い全力でぶつかり合いましょう」

「ええ、そうですね」

ぎゅっと最後にもう一度力を込めるように握手を交わしたところで、彼の隣にいた秘書っぽい雰囲気の女性とも握手をした。

俺がぎゅっと握った次の瞬間。

「ひ……っ⁉　あ、あああ……うえ⁉」

秘書の女性はその場で白目を剝いて倒れそうになり、武藤さんがその背中を支えた。

「……いや、ちょっと。さすがに目の前で気絶しないでくれ……ああ、もう」

武藤さんは別のギルドメンバーを呼び、秘書を連れていかせた。

……ええ。

なんだあの人。

新手のやばい人に遭遇してしまった気分だ。ああいうのは……関わらないのが一番だ。

俺と武藤さんはお互い訓練施設の中央あたりに並び、最後に服装を確認したところでカメラマンが声をあげる。

「それでは、これから配信始めますよ！」

カメラマンの声に、俺と武藤さんが頷くと、大きなモニターに数字が映し出される。

5から順番に減っていき、そして0になった後、俺たちの姿が映った。

同時に、コメントが勢いよく流れていく。

〈おおおお！〉

〈始まった！〉

〈マジでここ【雷豪】の訓練施設じゃねぇか！〉

〈ここって確か迷宮の魔石を加工して作ってある超頑丈な場所だよな!?〉

〈マジで武藤と戦うのかお兄様！〉

〈武藤VSお兄様！　こんなやべぇ模擬戦、普通に金とれるレベルだぞ!?〉

〈それを無料で配信で流すとか「リトルガーデン」も【雷豪】も太っ腹すぎんよぉ！〉

〈パワーのお兄ちゃんVSスピードの武藤！　最高の戦いを届けてくれてありがとう！〉

〈これで実質、日本の最強も決まるよな……！　楽しみだ！〉

スマホで撮影しながら見るときとは違い、迫力があるな。

武藤さんが持っていたマイクを口元へと運ぶ。

「どうも、初めましてです。……凄いくらい視聴者いますけど……これ、全部鈴田さんのおかげですかね？」

「いや、武藤さんのおかげもあるんじゃないですか？　なんかイケメン冒険者って言われてモデルとかやってるみたいじゃないですか？」

実際、武藤さんは甘いマスクのイケメンだ。そこらの舞台で歌とか歌わせたら、かなり絵になるだろう。

「いやいや、そんなこと言いますけど、たぶん鈴田さんのファンの方もかなりいるんじゃないですか？　ほら、コメント欄見てくださいよ」

……俺と武藤さんのファンと思われる人たちが、どちらのファンかを示すようにコメントしまくっている。間に紛れ込むように麻耶ファンもコメントしてんな。よしよし、ナイス宣伝。

「見た感じ、コメント数は同じくらいって感じですね。というかまあ、今日は格闘技とかが好きな人も見にきているとかは聞きましたよ？」

俺がそう言うと、武藤さんがこくりと頷いた。

「Sランク冒険者同士の戦いなんてそう見られるもんじゃないですからね」

「俺、Sランクじゃないですよ？　Gランクです」

「黒竜倒せるGランクがいてたまりますか！」

なんて、武藤さんと軽くやり取りをしながら、こほんと咳払い。

「そういえば、知っている前提で話してしまって申し訳ありませんね。軽くお互いの自己紹介でもしておきましょうか。一応、【雷豪】ギルドのリーダーを務めている、武藤大志です」

「俺は鈴田迅だ。お兄さんじゃないからな？」

〈本名前も言ってたなそういえばw〉

〈お兄さん頑張れよ！〉

〈お兄様応援してるぞ！〉

〈私は武藤さんのファンです！　頑張ってください！〉

コメント欄にそう言うのだが、やはり呼び方に変化なし。

俺はもう一生お兄さんと呼ばれていくんだろう……。

それから、武藤さんが思い出したように声をあげる。

「ああ！　そういえば聞くの忘れていました。今、鈴田さんはギルドに入っていないんですよね？」

「ええ」

「どうでしょうか？　【雷豪】ギルドに入っていただくことはできないですか？」

〈うおマジか!?〉

〈【雷豪】ギルド、それもリーダーじきじきのお誘いとかやべぇw〉

〈お兄様どうするんだ!?〉

この質問は、台本にも書かれていたな。そんなことをぼんやりと思いながら、俺は両手でバツ印を作った。

「ギルド入ったら麻耶の……妹の配信を見る時間が減っちゃうんで却下」

「ですよねー、振られてしまいましたか。残念です」

がくり、と武藤さんは少し大げさに落ち込んでみせる。

……これでまあ、予定していた会話は終わりとなり、武藤さんがちらと会場へ視線を向ける。

「……さて、そろそろ人も集まってきたようですし、模擬戦のほう、始めますか」

「そうですね」

すでに視聴者は百万人近い。

……それだけ、Sランク冒険者同士の戦闘を楽しみにしてくれているのだろう。

〈期待〉

〈うおおおお！〉

〈楽しみだあああ！〉

〈お兄さん頑張ってくれ！〉

〈Sランク同士の戦闘とかマジで貴重すぎる！〉

〈アツい！　頼むぜお兄様！〉

〈どっちが勝つんだろうな？〉

〈さすがに、いくら強いって言っても、【雷豪】ギルドのリーダーやってるだけあるし武藤さんのほうが強いんじゃないか？〉

コメント欄も、かなり盛り上がっているようだ。

モニターを眺めていると、武藤さんが口を開いた。

「それじゃあ、模擬戦でのルールを説明しましょうか。今回のルールは、相手を殺さないなら何をやってもいいというものです」

「それだけ、優秀なヒーラーがいるんですよね？」

「ええ。ですので、視聴者の人も心配しないでくださいね」

〈おおマジか！〉

〈【雷豪】のヒーラーなら安心だな〉

〈仮にどっちか気絶してもすぐ復活できるだろうな〉

〈ってことは、ガチンコ対決が見られるんだな……！　まじで楽しみだわ〉

「それじゃあ、ルール説明も終わりましたし……そろそろやりますか」

「そうですね」

武藤さんの雰囲気が変わり、俺たちのマイクを回収するため、スタッフがやってきた。

俺たちが向かい合うように歩き、そして構える。

その間にやってきたのは、霧崎さんだ。彼女は少し緊張した様子でカメラに向けて、頭を下げる。

「私がコインを投げます。コインが落ちた瞬間、戦闘開始になります！」

霧崎さんはそう言って、コインを上に向かって指で弾いた。

俺と武藤さんはそのコインへ視線を向け――コインが地面で転がった。

その瞬間だった。

武藤さんが俺の眼前に現れた。

速いな。一瞬で俺の懐へと入ってきて、彼は拳を振り抜いてきた。

会場にいた冒険者たちの歓声があがる。武藤さんの拳を……俺はギリギリまで引きつけてかわした。

〈おおお!?〉

〈しょっぱなから速すぎるだろ……!〉

〈お兄様、速度についていけてるのか!?〉

〈いや、でもまだ武藤さんは本気じゃないぞ……!〉

〈確かに、本気の時は雷を纏(まと)ってるもんな!〉

〈とりあえず、お互い様子見、ってところか!〉

俺がちらとコメント欄へ視線を向けた次の瞬間、視界の端で武藤さんの体から雷が溢(あふ)れ出した。

そして、両手に小刀を持ち、こちらを見てくる。

武器も、なんでもありだからな。

地面を蹴った武藤さんの速度は、さらに上がっていた。

振り抜かれた小刀が、俺の胸に当たる。魔力の鎧を纏い、その攻撃を受け止める。

魔力凝固を自分の体に纏わせている状況だ。

さらに肉体自体も強化していけば、武藤さんの攻撃を弾き返すことも可能だった。

「……ッ」

武藤さんは、攻撃が通らなかったことに顔を顰める。

武藤さんは、黒竜相手でも速度で負けたことは一度もない。ただ、彼の弱点はとにかく最大火力を持った技が少ないということだ。

雷魔法が得意なようで、その速さを体に馴染ませ、速度を強化できるようだが、それを攻撃に回すのがどうにも苦手に見える。

となれば、彼が使う攻撃は基本的に体の近くからになるだろう。

戦闘の中でそう分析しながら攻撃をかわすと、武藤さんの小刀が空を切る。

しかし、武藤さんの体から放出される魔力の状態が、変化した。

彼の体内にあった魔力が、一気に膨れ上がり彼の右手に集まっていく。

〈おいこれってまさか……！〉

〈黒竜ぶっ倒した必殺魔法……⁉〉

〈竜殺雷か!?〉

〈あれ、人間にうって大丈夫なのかよ!?〉

魔力の扱い方には、大きく分けて二種類ある。自分の肉体を強化するタイプと、外へと放出するタイプだ。

武藤さんは典型的な自分の肉体を強化するのが得意なタイプであり、外に放出するのはあまり得意ではない。

だからこそ、接近戦に持ち込み、彼は自分の体を起点に魔法を放つのだろう。

武藤さんの右手から、雷撃が放たれ、こちらへと迫る。

蛇のように変則的に動いたそいつは俺へと迫り、周囲から悲鳴が響き渡る。

「かわさないと死ぬぞ!?」

「お兄様ぁぁ!?」

……黒竜をやった一撃だ。

そんなものが人間に放たれたのだから会場のように悲鳴が溢れ出すのも無理はないだろう。

攻撃を喰らってみるかと思ったが……やめた。周りの人たちを見るに、直撃なんてしたら心配させてしまうだろう。

恐らくはこの配信を見てくれているであろう麻耶も、きっと同じような気持ちになるわけで……そんなことをするわけにはいかない。

俺は右手に魔力を集め、迫ってきていた雷を叩いた。

まるで雷同士が衝突したかのような凄まじい音が周囲を駆け抜ける。

そして、武藤さんが弾かれたように一歩下がり、頬を引きつらせていた。

それまで悲痛のような叫びが会場に響いていたというのに、一瞬で沈黙が場を支配する。

「……て、手応えはあった。確実に、直撃していたはずで……まさか、あんなあっさりと受け止めるなんて」

「なかなかいいマッサージだったぜ」

魔力の鎧はすべて剝がされたので、威力は本物だ。

これなら確かに、黒竜を仕留めることもできるだろう。

〈マジかよｗｗｗ〉

〈お兄様の頑丈さは黒竜以上かよ！〉

〈やべぇ！　これがパワーvsスピードか！〉

〈マジでお兄様が一発当てられるかの勝負じゃねぇか！〉

俺は、カメラに笑みを向け、無事であることをアピールする。

たぶん、心配しちゃった人もいるだろうしな。

〈お兄様！〉というコメントが大量に見えたので、俺は再び武藤さんへ視線を戻す。

武藤さんは口角をひくつかせながら、再び小刀を構える。

俺も、特に武術というものは嗜んでいないが、同じように構える。

再び武藤さんがこちらへと突っ込んできたのだが、その攻撃をかわしながら拳に力を込める。

戦いは、楽しかった。

ただ、もう武藤さんの最高火力を見た以上、これ以上長引かせても仕方ない。

次はこっちの番だ。

俺の拳を見て、即座に武藤さんは距離を取るが俺はさらにその背後へと移動する。

「見えて、いるのか……！」

それへの返事は――拳だ。

俺は力を込めて、武藤さんへ拳を振り抜く。

「あがあ!?」

武藤さんの回避は間に合わず、俺の拳が懐へと吸い込まれる。

拳が大きくめり込み、武藤さんが訓練施設の壁へと叩きつけられる。

そして、その壁がミシミシという音をあげ、砕け散った。

施設の外に吹き飛んだ武藤さんは、ぴくぴくと痙攣(けいれん)をしていて動かない。

「お、おい！　すぐにヒーラー！　治療しろ！」

今度こそ、ヒーラーたちが慌てた様子で駆け出していった。


全ヒーラーが五分ほど全力で回復魔法をかけると、武藤さんはよろよろと歩ける程度には回復した。

俺を見てきた武藤さんは、乾いた笑いを浮かべながら改めて俺の隣に並んだ。

再びマイクを受け取ったところで、武藤さんが口を開いた。

「……え、えーとどこからどう話をすればいいのやら」

「無事、模擬戦は終わりましたね」

「いや、全然無事じゃないですけどね僕は……！」

武藤さんが悲痛めいた叫びをあげる。

〈草〉

〈いや、確かにそうなんだが……えーと、何が起きたんだ？〉

〈お兄ちゃんが殴ったら、武藤さんがＫＯされたんだよな?〉

〈ていうか、訓練施設ぶっ壊してるけど、これってかなりの強度なんじゃないのかよ!?〉

コメント欄を見ていた武藤さんは、苦笑しながら口を開いた。

「……それだけ、鈴田さんの一撃が凄(すご)かったってわけですよ」

「それは……どうもありがとうございます。あっ、これってもしかして弁償とかしたほうがいいですか?」

〈心配そこかよ〉

〈もっと武藤さんを気遣ってあげて!〉

「いやだって……武藤さんは全力でやりましょうって言ってたから何されてもオッケーみたいだし」

「何されてもオッケーとまでは言ってないですよ! ……もちろん、請求とかもしないから安心してください」

にこりと微笑(ほほえ)んだ武藤さんに、ほっと息を吐く。

〈お兄ちゃん良かったな〉

〈露骨に安心してんじゃねぇよｗ〉

〈おまえ稼ごうと思えばすぐ稼げるだろうがｗ〉

「稼げるって言ってもな。仕事ってのは自分のペースでできるから楽しいんだよ。例えば、次の麻耶の配信にスパチャを投げるために稼ぐ、とかはな？　でも今回みたいな弁償のためにってなると結構精神的にきついんだよ、分かるだろ？」

〈……まあ、分からんでもない〉

〈確かに、俺も借金あるからな……なんで借金のために働かなきゃなんだって気持ちはぁるな〉

〈それはお前の責任だろ〉

〈借金ニキは自己責任だろｗ〉

どうやらコメント欄でも納得してくれている人がいるようだ。

「ちょっと、さっきの戦いを振り返りたいんですけど……えーと、まず僕の全力は……当たってはいたんですよね？」

「ええ、バッチリ当たってましたよ。魔力纏ってガードしてなかったら今頃全裸でしたよ、俺」

「……それは良かったです。放送事故になっていましたね」

〈は？　武藤さん、もっと頑張れよ！〉

〈お兄様の裸見たかった！〉

「ええ、僕責められるのぉ……？」

〈草〉

〈お兄ちゃんガチ恋勢怖すぎんよｗ〉

「それで、その後は……一方的でしたね。僕のスピードじゃ、まったく歯が立ちませんでした」

「……それは、なんというか。手を抜いていたわけじゃなくて、武藤さんの全力がどのくらいなのか受けてみたかったので」

〈お兄様ってMなの!?〉

〈お兄様×武藤!?〉

〈いや、この場合は武藤×お兄様でしょ!?〉

「いや、Mとかじゃねぇよ。黒竜ぶっ倒しているんだから、どのくらいの火力まで出せるのかは単純に興味あったんだよ。それでまあ、武藤さんの全力を見るまでは様子を見ていたんですよ。配信でもありますし」

まあ、理由をつけても、武藤さんからしたら手を抜かれていた、とは思われてしまうだろう。

「……なるほど。それで、僕の最大火力は見たから、あとは僕を倒しにきたってわけですか」

「ええそうですね」

「……まあ、正直。あそこで受け切られた時点で僕としては、少し心が折れていたんですよ……あと何度同じ攻撃を叩き込めばいいんだ……って感じでした」

〈だよな……〉

〈こっちが必死に放った必殺技が0ダメージとか、そんなゲームあったら絶望するわw〉

俺としては意識していなかったのだが、心を折るような戦い方をしてしまったようだ。

「すみませんでした、色々と」

「……いや、まいった。本当に……強すぎです。……でも、新しい目標もできて良かった。次は、赤竜を倒して、また鈴田さんに挑戦したいと思います」

そう言って微笑んできた武藤さんに、俺も笑顔を返した。

「そのときは、受けて立ちますよ」

お互い手を差し出し合い、握手を交わす。

会場にいた冒険者たちの拍手が伝わり、コメント欄も拍手を示すようなコメントで溢れていく。

配信は終わりへと向かっている。武藤さんが笑顔とともにこちらを見てきた。

「さて、今日のコラボについてはここまでですね。鈴田さんから、何か視聴者に伝えることとかありますか？」

「特にはな……いやっ、チャンネル登録よろしくお願いします。検索の仕方はマヤチャンネルって調べて、それを登録すればオッケーです」

〈おまえ相変わらずだなｗ〉

〈だから自分の宣伝をしろとｗ〉

「だ、そうです。あっ、うちのギルドはいつでも冒険者募集しています。面接などはありますが参加は無料なんで、皆さんどうぞ。それじゃあ、それじゃあ、またどこかで！」

「じゃーな！」

俺と武藤さんは最後にお互いの宣伝をして、配信は終了となった。

第五章　訓練と水着

武藤さんとの模擬戦を終えてから数日が経過した。

彼と連絡先を交換していた俺は、武藤さんから……悩み相談を受けていた。

話をしていて分かったのが、武藤さん……あれで俺と同い歳なのだ。あれだけ大規模なギルドをまとめあげ、色々な媒体に姿を出し、おまけにイケメン。さらにいえば冒険者としても一流。

何よこの完璧超人？　神はなんて不公平なんだろうか。いや、俺もそれなりに神から与えられたものは多くあると思っているが、それにしたって武藤さんほどあちこちの分野で成功する自信はなかった。

LUINEに届いたメッセージを見ながら文字を入力していく。

『生粋のお兄さんの鈴田さんに聞きたいことがあるんですけど』

『なんですか？』

『僕にも妹がいるんですけど、可愛い可愛い妹なんですが、最近怪しい影があるんですよ』

『犯罪とかですか？』

あの武藤さんの妹に手を出すような馬鹿がいるのだろうか？

最悪全身雷で焦がされると思うが。

『今年から大学生で……最近、帰りが遅いんです！　どうすればいいと思います⁉』

『そんくらい我慢したらどうですか』

『麻耶(まや)ちゃんに同じことあってもいいんですか⁉』

『麻耶が選んだなら、認めますよ。もちろん、男の身辺調査は全力でしますけど』

そりゃあもう全力だ。探偵はもちろんのこと、俺だって持てる力のすべてをぶつけるつもりだ。

『くっ……！　そこがお兄ちゃん力の差か……。僕はまだ、妹のことを信じきれていなかったのか……！』

『そうですね。精進してください』

『……それと、妹に怒られたことがありましてね』

『なんですか？』

『あとで……うちのギルド宛に鈴田さんのサイン送ってくれないですか……？　うちの妹、お兄ちゃんの大ファンみたいで』

『……別にいいですけど。サインっていうほどのもんじゃないですよ？』

『大丈夫、大丈夫。武藤蓮華へ、というのを忘れないでくれれば……お願いします！』

妹さんの名前だろうか。俺は苦笑しながら、はいはい、と返事をしておいた。

さて、そろそろ準備をしないとな。

今日は、日本の領海にある蒼幻島に向かう予定だ。

迷宮が世界に発生したのに合わせ、その島は現れた。

迷宮というものは世界に様々な影響を与えていたのだが、もっとも大きなものでいうと大陸の変化だったり謎の島の出現などだ。

この蒼幻島はあまり大きくない島で、時間をかければ徒歩でも島全体を一周できるほどだ。

ただ、ここはその島の規模以上に人で溢れていた。

その理由が、ここにあるSランク迷宮『七剣の迷宮』のおかげだ。

Sランク迷宮、といっても黒竜の迷宮と同じ構造で1階層はGランク迷宮程度、90階層より下に行くとSランク迷宮程度の魔物が出現するようになる。

さらに転移石も迷宮内に存在するため、移動もラクに行える。

ここに来れば、どんなランクの冒険者でも鍛錬が積めるということで人気だった。

本来、冒険者は全国に点々とある迷宮の中から、自分に合ったランクの迷宮を攻略する必要がある。

だが、蒼幻島の七剣の迷宮はここ一つですべてのランクに対応できる。

俺の自宅付近にある黒竜の迷宮だって、あまりいい噂(うわさ)こそないが、なんだかんだいって冒険者たちに人気だ。

七剣の迷宮が人気な理由はまだまだある。

それは迷宮内の魔力が濃いらしく、一度の戦闘でより成長しやすいという話だ。

科学者たちの研究によるとおおよそ1・2倍程度……とかなんとか言っている。微々たる差だが五日も入れば一日分くらいお得になるのは大きいだろう。

まあ、個人差もあるので実際どのくらい影響があるのかというのは判断が難しいところだ。

とまあ、冒険者たちにとっては理想的な環境なので、この島に長期滞在する冒険者も少なくないというわけだ。

俺もそんな蒼幻島に、一軒だけ家を持っていて、これから休みを利用して皆で向かおうかという話になった。

迷宮が一望できるような位置の物件で、たまたま手放す人がいて、購入できたものだ。

冒険者の多くは迷宮の近所に家を買うし、なんなら大手ギルドなどがだいたいの物件を押さえてしまっているため、今では一般人が手を出すのは厳しい値段まで上がっているので買えた当時はマジでラッキーだったんだよな。

蒼幻島に行くという話になったのは、玲奈がチャットに残したコメントからだ。

いつの間にか、麻耶、流花、凛音、俺が入っていたグループに参戦していた彼女は、こうメッセージを残した。

れいな『ダーリン、また蒼幻島でハネムーン訓練したいーー！』
流花『は？』
凛音『なんですかそれ？』
麻耶『あっ、お兄ちゃんが持ってる家に泊まっての合宿みたいなものかな？』
流花『私も行く』
凛音『私も行きます！』
麻耶『じゃあ、次の休みにいこっか！』
れいな『やった！』
迅『俺の意見は？』
麻耶『運転手お願いお兄ちゃん！』

迅『もちろん！』

というわけで、俺は金曜日の夜から近くの駐車場に置いてあった車を運転し、順番に皆を回収していくことになったのだ。

まずは、麻耶からだ。いつも通り学校へと迎えに行き、しばらくすると、麻耶がやってきた。こちらに気づいた彼女は笑顔とともに駆け寄ってくる。飼い主を見つけた子犬のような無邪気さで、それだけで俺は感動していた。

「お兄ちゃん。もう来てたの？」

「当たり前だ。麻耶を待たせるわけにはいかないからな！」

「ありがとね！　ここからだと、次の回収は凛音ちゃん？」

「そうだな。凛音、流花、玲奈と霧崎さんだな」

「あっ、結局霧崎さんも来ることになったんだね」

「まあな」

一応、未成年の子どもたちを預かるわけであり、さすがに俺一人で連れていくのはな……と思ったからだ。

まあ、全員の親というか家族に近しい関係の人たちは許可を出してくれているんだけど……一応な。

俺は早速車を走らせ、凛音の通う冒険者学園へと向かう。

車の中から凛音の魔力を探す。

しばらくして、校門のところから凛音が出てきたので、こちらの居場所を伝えるように俺と麻耶で魔力を放出すると、びくっと凛音が肩を上げてからこちらへ向かってきた。

「……い、いきなりあんな魔力出さないでください！　周りの生徒たちもちょっと驚いてましたよ⁉」

「おっ、ちゃんと探知できるように訓練してるってことだな。偉いな」

「もう、失礼します……よろしくお願いしますね」

「んじゃあ、次は流花のところだな」

そうして、次に向かったのは流花が通う学園なのだが……お嬢様学園とは聞いていたがかなり立派だなおい。

迎えにきている車も多く、なんか黒塗りの威圧感があるものもある。

「ここで間違いないんだよな？」

「……そうですよ。初めて見たときは私も驚きましたよ」

「あっ！　流花さん発見！」

というわけで、今度は三人で魔力を放出すると、流花が凛音のとき以上に驚いていた。

それを周囲に見られ、少し恥ずかしそうに視線を下げた彼女はジトリとした目でこちらを見ながら近づいてくる。

「……る、流花さん怒ってませんか？」

「怒ってるかもな……何かいい策はないか麻耶？」

「……えーと、凛音ちゃんが提案したってことにすれば逃れられるかも？」

「名案だ」

「私はどうするんですか！」

「凛音は普段真面目だから謝れば許されるはずだ」

「許されませんよ！　私に押し付けるなら、お兄さんの奢り(おご)で焼肉とかを提案しますよ」

そんな話をしていると、流花がこちらにやってきたので扉を開ける。

「……いきなりあんなに魔力を出さないでほしい」

「悪かったって」

「あとでお兄さんが焼に――」

俺は何かを言いかけた凛音の口を押さえつけながら、笑顔を向ける。

「よし、凛音。次は玲奈と霧崎さんだ。二人とも事務所にいるらしいからそこまでのナビ頼むな」

「……はぁ、分かりましたよ。ってもうカーナビ入力済んでるじゃないですか！」

「……なんか、仲良さそう」

流花はまだジトッとした目を向けてきていたが、とりあえず焼肉パーティーは回避できたようだ。

ふう、危ない危ない。

流花の食欲、食べる速度だと間違いなく誰かが焼き続けることになる。

そしてその役目は俺に回ってくるだろうからな。

そのまま全員を乗せて事務所まで車を走らせる頃には、空も暗くなり始めていた。

事務所に到着すると、霧崎さんと玲奈が元気よく手をあげてきた。

「おっはよー！」

「もう夜ですよ……」

「あたしさっきまで寝てたからね！　あー、これから皆でお出かけ楽しみだね！」

玲奈は、事務所の子たちに戦闘訓練を行っていることもあり、ほとんど全員と知り合いなのだそうだ。

事務所所属の配信している人たちに話を聞いたところ、たまにおかしな言動はあるがとても優しく、尊敬できる先輩、とのこと。

たまにおかしな言動、という言葉で許容できるレベルではない気がするが。

玲奈は後ろの席に乗り、霧崎さんが助手席に乗る。

「迅さん、疲れたら運転代わりますのでいつでも言ってくださいね」

「あっ、大丈夫だと思うけど、霧崎さんに運転させないほうがいいよ！　普通にやばいからね！」

玲奈が笑顔とともにそう言うと、凛音も何か経験があるのか無言のまま頷いている。

「私も、聞いたことある。……『リトルガーデンの走り屋』って」

流花がぼそりと言って、霧崎さんはとぼけたような顔で俺から視線をそらした。

よし、霧崎さんが運転する車には絶対乗らないぞ。

空ももうすっかり暗くなっているので、俺は早速シートベルトを外した。

「え？　どうしたんですか？」

俺がエンジンをかけず、シートベルトを外したことに疑問を抱いたようで霧崎さんが問いかけてくる。

すでに、麻耶と玲奈はシートベルトをしっかりとして、椅子にしがみついている。流花と凛音はキョトンとした顔でこちらを見ていた。

俺はそれから、外に出ながら声をかける。

「全員ちゃんとシートベルトしておいてくれ」

「あっ、はい。それはもちろん分かりますけど……」

俺がパタリと扉を閉めると、シートベルトをしながら凛音が窓を少し開けてこちらを見てくる。

流花も、ちゃんとシートベルトしてるな。

「何するんです？」

「見てれば分かる」

「え？　ってひゃあああああ!?」

俺は車を片手で持ち上げる。それから、空高く飛び上がった。

空中に、魔力凝固で作った足場を作り、それを利用して跳んでいく。

目指すは、蒼幻島（そうげんとう）へ！

「ぎゃあああ!?　こ、これ！　何かの法律に違反しませんか!?」

「大丈夫だ。前、弁護士に聞いてみたことがあるけど問題ないって！」

「いや問題ありますよぉ！」

「さらに加速するから、喋（しゃべ）ると舌嚙（か）むぞ」

「加速してから言わないでくださいぃぃぃぃ！」

全力で跳んでいけば、十分もかからずに到着だ。

俺が持っている家にたどり着いたところで、まずは俺が着地し、それからゆっくりと車を駐車場に置いた。

「ほい、迅タクシー、到着になりまーす」

「ありがとね、ダーリン。前より速くなった？」

「今日は荷物多いから、いつもより力込めたら思ったより加速しすぎたな」

「なるほどねぇ」

中にいた残りの人たちを見てみる。麻耶は、うん問題ない。

何度か経験しているので、元気よく出てきたのだが、まだ霧崎さん、流花、凛音の三人はまるで本人たちが全力疾走してきたかのように息を切らしている。

「どうした三人とも？」

「どうしたじゃないですよ！　事前に言っておいてください！」

「びっくりしたろ？」

「びっくりどころじゃないですよ！」

むきーっと凛音は叫ぶ。……さすがに魔力量だけで言えば玲奈を凌駕（りょうが）するだけあって、彼女の復活も早いな。

「……迅さんが普通に車を運転していたので、油断しました」

「……私も」

二人ははあ、と息を吐いてから、車から出てきた。

皆がすぐに車に積んでいた荷物を回収し、俺たちは家へと向かう。

家は二階建てだ。まあ、普通に四人家族程度が暮らしても問題ない程度の規模だ。

玲奈を訓練するため、夏休みなどはよくここに足を運んだものだ。

最近は、あんまり来てなかったんだよな。一応、今回皆が泊まるということでガス、電気、水道などは確認してあるし、清掃などもすでに行っている。

全員が休めるベッドも用意してあるしな。

俺は玄関の扉を開け、入り口の電気をつけた。

「とりあえず、二階に結構部屋があるから各自好きに使ってくれ」

「わーい！　あたしはいつもの部屋に行こーっと！」

「……なんだか、ワクワクしますね」

「……うん。私、あんまりこういう経験少ないから……特に」

凛音と流花も玲奈に続き二階へと上がっていく。

……結構皆大人びているところはあるが、やはり根っこの部分はまだまだ子どもだよな。

霧崎さんと麻耶も二階へと上がろうとしたので、声をかける。

「麻耶、俺の部屋と倉庫は寝泊まりできないから伝えておいてくれ！」

「分かった！」

よし、これでいいだろう。

とりあえず、リビングや廊下の照明もつけつつ、部屋の様子を確認していると、二階のほうが何やら騒がしい。

「なんだ？」

俺が気になって階段を上っていくと、凛音が真っ先にこちらに気づいた。

「な、なんですかこれぇ⁉」

びしびしと凛音が指差した先は、俺が倉庫として使っている部屋だ。

そこにあるのは、大量の麻耶グッズだ。

……向こうの家に置ききれなくなったものは、すべてここにしまってあるんだよな。

「何って、どこからどう見ても麻耶のグッズだろう」

「もう博物館じゃないですか！　麻耶さんの配信人生ほぼ全部みたいな感じですよ！」

「ほぼじゃねぇ！　全部だ！」

「突っかかるところそこですか⁉」

俺が声を張り上げていると、次は隣の部屋から声が聞こえてくる。

あっちには、麻耶、流花、玲奈の三人がいるな。

「ていうか……なんで当然のように俺の部屋と倉庫を物色してんだ？」

「いや、玲奈さんが『やっぱり男の子の部屋は探索しないと！』って言っていたので」

「まったく……霧崎さん止めなかったんですか？」

麻耶倉庫に入ってきた霧崎さんに声をかけると、彼女は少し恥ずかしそうにこちらを見てきた。

「……い、いや……私も異性の部屋に来るのは初めてでしたので、ちょっとテンション上がったと言いますか」

「何ノリノリになってるんですか」

「い、いいじゃないですか別に！　私、高校卒業してすぐ仕事始めて……昔は地味でこういう経験なかったんですから！」

あれ？　なぜか俺が悪者みたいな空気になってる？

霧崎さんと凛音が睨んできたので、俺は逃げるように自室へ向かう。

そちらにも、もちろん麻耶グッズはたくさんある。麻耶グッズはすべて好きなのだが、その中でも選りすぐりの部隊がここに飾られているわけだ。

「……見事に、麻耶ちゃんしかいない」

「ほんとだね……今度、あたしのグッズとか持ってきて設置しておかないと」

「……私も、そのときは同行する」

「何、企ててんだよ」

俺が部屋へと入っていくと、三人の顔がこちらを向いた。

「お兄ちゃん。限定品までよく持ってたね」

「当たり前だ。ファンとして全部手に入れないとな」

「でも、見本品が家に送られてきてたよね？　それじゃあダメなの？」

「ダメだ！」

何を言っているんだ麻耶は！　自分で手に入れてこそのグッズだろう！

よく転売されていることもあるが、自分で手に入れるまでの過程含めて、そのグッズの価値は決まるんだぞ！

「本当、麻耶ちゃんのこと大好きなんだね」

流花が近くにあった麻耶のフィギィアに視線を向けながら、ぽつりと呟く。

「当たり前だ。俺の天使だぞ？」

「一つくらい……私のグッズも置いてほしい」

「いや、それはまあ……置く場所がもうないしな」

「……むぅ。麻耶ちゃんのグッズの枠を少しもらうくらい……頑張らないと」

……まあ、でも。

俺、別にグッズ買うほどまで誰かを推すとかはあまりないからな。

流花たちも皆凄い配信者だと思っているし、尊敬はしているが……別にグッズを買うとかそういう目線では見ていないというだけだ。

そんなことを話しているときだった。

麻耶がテーブルに寝かされていた写真立てに気づいた。

あっ、それは……！　俺が麻耶のほうに近づこうとしたとき、麻耶がそれを表にして

「お兄ちゃん……こっそり隠そうとしてた？」

……笑顔を浮かべた。

そう言って、こちらに向けた写真立てに入っていたのは、この前、四人でコラボした後に撮った写真だ。

配信を行った俺、麻耶、流花、凛音が中央にいて、それを囲むようにして当日いたスタッフたちが映ったものだ。

「……ああ、もう」

がしがしと頭をかいていると、麻耶が笑顔を向けてきた。

「これ、私たち皆のグッズみたいなものだよね」

「……まあそうだな。今の生活も……まあ楽しいからな。その記念の写真を置いておいたってわけだ」

少し恥ずかしいが、俺が素直にそう伝えると流花たちも覗き込み、口元を緩める。

俺たち全員で写真を見ながら思い出に浸っていると。

玲奈が声をあげた。

「ちょーっとまったー！　なんかいい感じの空気でまとめようとしてない⁉」

「……いや、実際いい空気だった」

「はい……お兄さんにも、なんだかんだ私たちのことがちゃんと見えていたんだって思いました」

俺そんなに麻耶以外見てないと思われてんの？　さりげない凛音の毒にツッコんでいると、玲奈が写真を指差しながら叫んだ。

「皆はいいよ⁉　でも、あたしは⁉　あたしまだいないよ⁉」

「……あっ」

「……ま、まあ……またの機会で」

「だな。どっかでコラボしたら撮ればいいんじゃないか？」

「いま、今撮ろうよ！」

「腹へった。飯食い行くぞ」

「むぅぅぅ！」

玲奈が珍しく、悔しそうに頬（ほお）を膨らませていた。

でも、実際写真を撮るなら、やっぱり『リトルガーデン』のスタッフ含めて全員のほうがいいしな。


次の日。

俺たちは蒼幻島（そうげんとう）のSランク迷宮『七剣の迷宮』へと来ていた。

早速、修業のためにと迷宮へと潜り、魔物と戦っていくことになる。

「それじゃあ、私たちは自由に戦ってるね！」

麻耶の言葉に、頷（うなず）いた。

階層としては51階層に来ていた。Cランク程度の魔物たちが出現する階層になる。

今の麻耶たちからすると、少し強い魔物になるが、俺は大丈夫だと思ってここに連れてきた。

「それじゃあ、俺たちは後ろで見守ってるから……頑張ってな」

俺がそう言うと、麻耶たち三人は頷き、軽く話し合っていた。

俺、玲奈、霧崎さんはそれを見守るように少し離れたところにいた。といっても、霧崎さんはほとんど戦えないので本当に見学者だ。

「そういえば、ダーリンって流花ちゃんの戦ってるところ見たことないんだよね？」

「実力的にはCランク冒険者くらいはあるんだよな？」

流花に関しては配信などでも戦ったことがあるそうだが……すまん、見てない。

いつか、時間があるときに見る……つもりだ。

そちらの戦力の判定は玲奈が下している。

「まあね。基礎がしっかりしてるから、問題ないと思うよ」

「それなら、大丈夫だな」

そういうわけで、麻耶たちの戦闘を眺めていく。この迷宮内部の造りは、たくさんの森エリアと海辺エリアがある。

気温は常に初夏くらいであり、俺は普段通りの格好からシャツ一枚になっている。

それは俺だけではなく、皆上着を脱いでいる状況だ。

麻耶たちが魔物の探策を始めたので、俺は近くの魔物に対して魔力をぶつける。

威圧するためのものではなく、こっちに獲物がいると知らせるためのものだ。

反応のいい魔物が、すでに気づいてこちらへと向かってきている。

麻耶たちも魔物が近づいていることに気づいたようだ。

森から姿を見せたのは、オークだ。通常の個体と違い、顔に傷が多く、なんだかヤクザみたいな雰囲気がある。

ヤクザオーク、なんて玲奈は呼んでいるな。

数は一体。さすがに三人で何体も相手にするのは厳しいだろうが、一体ならどうにかなるだろう。

「麻耶、怪我しないようにな……っ！」

「心配するの麻耶ちゃんだけってなったら、たぶん二人怒るよ？」

「じゃあ、あと流花と凛音も気をつけてくれ……！」

「その言い方は余計に怒るね」

玲奈がぼそりと言っているのを聞きながら、戦闘を見守る。

ヤクザオークは手に持ったドスをちらつかせながら、麻耶たちに近づく。

麻耶と流花はそれぞれ、短剣、剣を構える。凛音は少し離れたところでいつでも戦えるように、魔法の準備をしている。

凛音の魔法の威力を考えると、これが最適のバランスだろう。

麻耶が地面を蹴りながらヤクザオークへと迫る。速い。

さすが麻耶だ。一気に距離を詰め、短剣を振るうがヤクザオークはドスで受け止める。

麻耶の攻撃なんだから受け止めてんじゃねぇよ……！

「ダーリン、魔力漏れ出てヤクザオークビビってるよ」

「おっと、いかん」

俺はすぐに魔力を戻すと、ヤクザオークはこちらを警戒しながらもひとまず麻耶と斬り結ぶ。流花もそこに参加し、剣を振るうと……ヤクザオークが対応できなくなっていく。

素早いな。流花は魔力の操作なども他二人より明らかに上手(うま)い。

「玲奈、結構指導したことあるのか？」

「うん、ダーリンから教わったことをそのまま伝授してるよ」

「……なるほどな」

動きに無駄がなく、火力もなかなか。剣に魔力を纏(まと)わせ、切れ味も強化している。

流花の迷宮配信は結構凄い、とはどこかから噂(うわさ)で聞いていた。

確かに、これだけ戦える女子高生は少ないだろう。さらに鍛錬を積んでいけば、Sランク冒険者にも到達できるはずだ。

「ガアアア！」

ヤクザオークは苛立ったように咆哮をあげ、周囲に衝撃波を放つ。

魔力の波のようなものが襲いかかり、麻耶と流花は衝撃から逃れるように後方へと跳ぶ。

……危ない。あとちょっとで麻耶が怪我をしていたかもしれない。

もしもそんなことになっていたら俺が突っ込んでいたことだろう。

そのタイミングで、凛音の魔力が高まっていく。麻耶と流花が片手を向け、それぞれ火魔法と土魔法を放った。

即座に放った魔法であり、威力はない。だからか、ヤクザオークは威圧するようにドスに魔力を纏わせ、魔法を切り裂いた。

そして、どこか自慢げに顔をあげた瞬間だった。

凛音の魔力が外に溢れ出し、ヤクザオークが慌てた様子で目を見開く。

今更、凛音の魔法に気づいたところで遅い。凛音から放たれた水のレーザーが、ヤクザオークの腹に穴を開けた。

「おお、リンネビーム炸裂したな」

「え、なにそれださい」

「凛音が付けたんだよ」

「ええ、凛音ちゃんセンスなーい」

「つけてないですよ！」

遠くから凛音が叫んできた。……良い耳をしてらっしゃる。

凛音の魔法の貫通力なら、Bランクの魔物くらいはいけるだろう。

ただ、魔力を暴走させないよう丁寧に魔法を作り上げているので、放つまでに時間がかかってしまっている。

そこを克服できれば、ソロでももっと戦えるはずだ。

「三人とも、まったく問題ありませんね」

「一体なら大丈夫そうですね。次は二体です」

「……え、そんな狙って連れてこれるもんなんですか？」

「まあ、二体で行動しているヤクザオークがいれば、ですね」

霧崎さんとそんな話をしながら、ヤクザオークを探す。

近くにいるのは四体か。一緒に行動しているので、二体だけ連れてくるのは無理だな。

「二体だけ潰すか」

「それじゃあ、あたしが焼いておくね」

「おう、任せた」

俺が魔力をぶつけ、ヤクザオーク四体を誘導する。

ヤクザオークがこちらへと向かっているときだった。その頭上へと火の矢が放たれた。

玲奈が放った魔法だ。それは狙い通り、二体のヤクザオークを射抜いて、仕留めた。

「よし、狙撃完了！」

ハイタッチを要望してきた玲奈の手を叩く。

「ナイスー、そんじゃあとは三人に任せるか」

「そうだね。いやぁ……なんだかこうして見守っていると、夫婦になった……って感じだね」

「なってないが？」

「子どもの成長を見守るってこんな感じなのかな、ダーリン！」

抱きついてこようとしたので、アイアンクローで受け止める。

俺たちの戦闘支援の様子を眺めていた霧崎さんが、ぽつりと漏らす。

「私、一応マネージャーとして、事務所の子たちの訓練に付き添っている場面を見たことありますが……お二人のやり方が普通じゃない、ってことはよく分かりました」

いやいや、そんなことないですよ？

しばらく戦闘を行い、階層を下げていく。59階層まではヤクザオークしか出現しない。

ただ、階層が一つ下がれば、魔物の強さも変化していくので同じように戦っても少しずつ、苦戦するようになっていく。

ちょっとずつ、ではあるが確実に魔物は強くなっている。

とはいえ、結局のところ麻耶と流花が接近戦で相手をし、凛音が仕留めるという必勝パターンは変わらない。

パーティーを組んで戦う場合は、このようにして戦うのが基本であり、三人はそれを確実にこなし、達成してみせた。

「ふう……今日はこんなところですかね」

59階層に到達したところで、凛音がそう言った。

彼女も手応えはあるようで、いつもよりも表情は明るい。

「順調だったな」

「……まあ、お兄さんと玲奈さんが一体、二体と戦えるように調整してくれていましたからね。通常の迷宮攻略だと、もっと気を張るものですから……Cランク冒険者程度の実力があるとまではまだ思っていませんよ」

「だとしても焦らず戦えばCランクの魔物には通用するってことだ。凛音の魔法はもっと下の階層でも通用しそうだったし、このまま頑張っていけば夢も叶えられるはずだ」

彼女は誰かを守れる冒険者になりたいと言っていた。それに近づいているのは間違いない。成長においてもっとも大事なのは、方向性を見失わないことだろう。

自分の努力がちゃんと前に進めているのか、自分を信じられなくなると成長も鈍化してしまうし、間違った方向へ進むこともあるだろう。

「……はい、ありがとうございます」

少し恥ずかしそうにしながらも嬉しそうに凛音は笑っていた。

「あっ、お兄ちゃん！　私はどうだった⁉」

「そうだな、最高だったぞ！」

「じゃなくて！　どこを改善したらいい⁉」

「……えーと……そうだな。持久力はまだ足りてなかったな。あと、麻耶の場合は正面から斬り結ばなくても、スピードがあるからそれを活かして敵の視線を集めて回避、とかでもいいと思う」

「分かった！」

　麻耶は天使なので基本的に問題ないが、魔物との戦闘が長引くと魔力による身体強化が不安定になっていく。まだ、制御し続けるというのに慣れていないようなんだよな。

　そこはもう反復練習しかない。凛音もそうだが、強くなるには反復練習が基本で、近道はない。

「……私は？」

「流花は力任せのときが多かったな。案外パワータイプなんだな」

「ゴリラだったね！」

　ぐっと親指を立てた玲奈に、流花はなんだか恥ずかしそうにしていた。

　……流花が本気で攻撃するときは、ヤクザオークのドスを吹き飛ばすこともあったし、体ごと吹き飛ばすこともあった。

　普段飯を大量に食べているからか、馬力が明らかに違った。

「力を強化していくのはいいんだが、たまに相手に耐えられて反撃喰らいそうになってただろ？　自分との力量差を正確に測るようにするといい」

　戦闘に焦るのか、あるいはたまに調子に乗っているのか。

　無理やり力でゴリ押そうとしていたことがあった。そうして、耐えられて反撃されかけてしまっていることもあった。

「……うん、分かった」

「玲奈から聞いたけど、普段は低ランク迷宮でのんびり配信してることが多いんだよな？」

「うん」

「だから、たぶん格下を一撃で葬る、みたいな戦闘スタイルが体に染み付いちゃってるんだと思う。そこは、もっと上のランクを目指すなら気をつけたほうがいい」

ここまでの意見はあくまで、上を目指すなら。

ぶっちゃけた話、流花が今後も今のような配信をしていくのなら、無理に矯正する必要はない。

Cランク冒険者なら、十分すぎるしな。

ただ、流花はやる気に溢れているようで拳を固めた。

「……分かった。頑張る」

「ぶっちゃけ流花はどのくらいのランクの冒険者を目指してるんだ？」

「Sランク」

即座に、流花は答えてきた。

意外だった。決意のこもった表情でこちらを見てくる彼女は、不安そうに問いかけてき

て意外だな」

「いや、流花の才能なら問題なくいけると思う。でも、Sランク冒険者を目指してるなんて意外だな」

「……難しい？」

た。

「……昔は、別にそうじゃなかった」

「そうなのか？」

「でも、今は……その、Sランクじゃないと……」

流花は何やらもじもじとした様子で口を動かした後、顔をそれまで以上に赤くする。

「お、お兄さんの……その、隣にいるにはふさわしくない……かな……って思って……あっ、変な意味はなくて……一緒の事務所の人として……っ」

「いやいや、Sランク目指してくれるなら大歓迎だぞ！」

まさか流花がそこまでやる気になってくれているとは思っていなかった。

俺が笑顔とともに答えると、流花はさらに顔を赤くしながらこちらを見てきた。

「だ、大歓迎……？」

「ああ、もう玲奈にカメラマンをお願いしなくてよくなるんだからな！」

「……期待してたのと、なんか違う」

他に何があったのだろうか？

そんなことを考えていると、凛音と玲奈がジトーッとした目を向けてきた。

「ダーリン！　あたしを捨てるの!?」

「そもそも拾ってないんだけど」

「酷いよダーリン！　ねえ、凛音！　拾っておいてこれはないよね!?」

「いや、玲奈さんを拾っていないのは確かだと思いますけど」

「うわ、裏切り者ー！　麻耶ちゃん！　皆が虐めるよー！」

そう言って麻耶に泣きついた。よしよしと頭を撫でられていて、俺がそこと代わりたいくらいだ。

「まあまあ、今日の訓練はこの辺にして、そろそろ遊びに行かない？」

遊びか。蒼幻島には色々と遊べる場所があるので、そちらに向かうというのもいいだろう。

そんなことを考えていると、霧崎さんが笑顔とともに声をあげる。

「それでは、そろそろ海に向かいましょうか」

「へ？」

『おー！』

俺の戸惑いとは別に、皆が元気よく拳をあげた。

俺のあずかり知らぬところで話が進行している。玲奈が持っていた大きめの鞄を開けると、次から次に浮き輪やらビーチボールやらが取り出されていく。

空気入れも一緒に取り出し、さも当たり前の顔で準備をしていく。

どういうことだ？

「この階層って、海には魔物って来ないんですよね？」

凛音の問いかけに、麻耶が頷く。

「そうそう。それにお兄ちゃんがいれば万が一があっても、大丈夫だからね」

「これだけ広い海が自由に使えるのは……便利」

「ダーリン！　日焼け止め全身に塗って！」

「塗らん。迷宮の太陽光はただの見せかけで、実際の太陽光とは違うだろうが……というか、なぜキミたちは当たり前のように海で遊ぶ準備をしてるんだ？」

「だって、それが目的の一つだったからね！」

玲奈がそう言うと、他の皆もこくりと頷く。

この七剣の迷宮は、海がある珍しい迷宮だ。おまけに一年を通して似たような気温なので、一年中いつでも海水浴が楽しめるっちゃ楽しめる。

ただ、ほとんどの人が一階層などで海水浴を楽しむものだ。

万が一があるからな。

ドッキリ大成功、とでも言いたげな様子で皆が笑顔を浮かべている。

……まあ、別にいいけどな。

「俺、水着持ってきてないんだけど」

「大丈夫。私がちゃんと用意しておいたから。はい、これ」

玲奈が持っていた鞄から俺の水着が取り出された。

黒い半ズボンのようなものだ。

「んじゃ、着替えてくるか。皆はどこで着替えるんだ？」

「もう中に着てきてるから大丈夫！」

「準備万端なんだな……まあいいけど」

完全に遊ぶ気満々じゃないか。

早速俺は近くの茂みへと向かうと、玲奈がついてくる。

「おい何来てんだ」

「ダーリンが着替え中に魔物に襲われたら大変でしょ？　見守っててあげようと思って」

「心配ご無用。魔物に襲われたら全裸で撃退してやるから」

「心配しないで。全裸を見るのが目的だから！」

「向こう行ってろ！」

玲奈を威嚇するように睨むと、彼女は舌打ち混じりに去っていった。

着替える、といっても俺の着替えなんてすぐだ。全部脱いで、最後に水着をはく。それだけだ。

上着だけはまだ羽織ってはいたが、パーカーの前は開けっぱなしだ。

俺が戻ると、脱ぎ終わった女性陣が空気入れを行っていた。

浮き輪は……全部で三つ。凛音が必死な様子で浮き輪に空気を入れていた。

「この浮き輪は誰が使うんだ？」

「私と霧崎さんと流花さんです」

「……もしかして、その三人泳げない？」

「わ、私は足がつくところなら泳げますよ！」

「それは泳ぐとは言わないいんじゃないか？　というか水魔法使うのに泳げないって……自分の水魔法で溺れる可能性あるんじゃないか？」

「そんな間抜けなことしませんよ」

凛音はぷすっと頬を膨らませながら、こちらを見てくる。

「なんだ？」

「いや……結構傷があるなと思ってまして」

「まあ、迷宮潜ってたときは結構怪我（けが）してたからな」

俺は自分の腹の状態を見ながらそう答えた。

……どこでどんな怪我をしたのかまで覚えているので、俺にとっては思い出のようなものだ。

そんなことを考えながら凛音を見ると、彼女の体は傷一つない。

このまま大きな怪我をしないで冒険者として有名になってくれればと願うばかりだ。

「そ、そんなにジロジロと見て……な、なんですか？」

「ああ、悪い。凛音は怪我しないように気をつけてな」

「……あっ、はい……えーと……そうじゃなくてですね。この水着、似合いますか？」

凛音は照れた様子で、こちらをちらちらと見てくる。

彼女が身につけているのは、水色の水着だ。凛音は元々体はかなり立派であるのだが、水着になると余計に際立つな。

「似合ってる似合ってる。ここが迷宮じゃなかったらあちこちで声かけられてたかもな」

「……それに関しては、迷宮で良かったです」

凛音はほっと息を吐いてから、空気を入れていった。

霧崎さんは黒い水着姿にすでになっている。……彼女も必死な様子で浮き輪に空気を入れていた。

ていうか、過半数が泳げないというのに海には来たいんだな。

まあでも、泳げなくても楽しめることはあるだろう。

流花は先に空気を入れ終わったようで、すでに装備をしている。シュノーケルつきのゴーグルを頭に乗せるようにつけていて、彼女だけ水に対しての防御力が凄まじい。

どんだけビビっているんだ……。

「なんで、泳げないのに海で遊ぼうとしてたんだ？」

「泳げないわけじゃない。体が沈んでいくだけだから。浮力を借りれば、問題ない。それに……海で遊びたい気持ちとちょっと沈むというのはまた別の話だから」

それを人は泳げないと呼ぶのでは？

そんなことを思っていると、流花は照れた様子でこちらを見てくる。

「そ、その……水着……変なところない？」

「いや別に変なところはないけど……」

浮き輪とシュノーケルがそこにセットになると、目立ちはする。

そんな俺の内心の意見は届かず、流花は嬉しそうにしていた。

凛音もそうだが、この年頃の子は水着を人に見せて褒めてもらいたいのかもしれない。

なんてことを考えていると、麻耶と玲奈がやってきた。

「お兄ちゃん！　着替え終わった？」

「ああ、無事な」

天使だ。天使がいる。麻耶はビーチボールを抱き抱えるようにして、こちらを見ていた。

すべてが美しい。

ここは天国なのかもしれない……。

そんなふうに感動していると、隣にいた玲奈がジトッとこちらを見てくる。

「あたしもいるんだけど、さっきから麻耶ちゃんしか見てないよね？」

「おお……玲奈。どうしたんだ？」

昇天しかけていた意識を戻しつつ、玲奈を見る。

「ダーリンのために用意した水着なんだから！　何かないかな？」

「おまえ……それ本気か？」

麻耶だけを見るように……いや、もしかしたら意識的に彼女を見ないようにしていたともいうか。

玲奈のきわどすぎる水着を改めて見る。

……ほとんど裸じゃないか？　というくらい布面積の少ない水着を着た彼女が、自慢げにその姿を見せつけてくる。

「そんなに凄い水着もあるんだね……」

「ふふふ、麻耶ちゃんも将来着けることになるかもね！」

麻耶に何を吹き込んでるんだ！

「おまえ、それで泳ぐつもりか？」

「まあね！　それでどう？　似合うかな⁉　脳殺された？」

「まあ、別に悪くないと思うけどな」

「なんか、麻耶ちゃんのときと比べて反応薄いよね？」

「だっておまえ……麻耶だぞ？　妹なんだぞ？」

「その二単語で納得できる人、あんまりいないと思うんだけど……悔しい。麻耶ちゃん以上に見惚れさせるにはどうすればいいんだろう」

玲奈はぶつぶつと呟きながら歩き去っていく。

何か案を考えているようだが、俺が麻耶よりも見惚れるということはまずないだろう。

そんなことを考えていると、皆の準備が終わったようだ。

各自バラバラと海へと向かい、泳ぎ始める。

迷宮内ではあるが、海の波はきちんと再現されている。

俺も足の届かないところまで歩いていき、深く潜ると綺麗な海がそこには広がっていた。

……迷宮は資源になる。ここにある海水や、例えば水などがあるエリアではエネルギー源も分からない状態から無限に湧き出るんだからな。

海の中を泳ぎながら、迷宮の端を目指していたが……到達はしなそうだ。

しばらく泳いで遊んでいると、ぷかぷかと浮き輪組が流れてきた。

あれは麻耶かな？　麻耶が凛音の浮き輪を押して遊んでいる。

霧崎さんは、玲奈に無理やり押されているようだな。

流花は、最初にも言っていたが浮き輪さえあれば泳げるようだ。

ゴーグルもきちんとつけていたので、俺はそちらに近づいていく。

そして潜ったまま、近づいたところで、顔を出すと同時に思い切り水をかけた。

「きゃ!?」

驚いたようで可愛い悲鳴をあげた流花がジトッとこちらを見てくる。彼女はすぐに体勢を戻すと、腕を思い切り振ってきた。

激しい水が俺のほうへと襲いかかり、流花が笑みを浮かべる。

こいつ、身体強化もしながら水を撒き散らしてきたな。

「隙ありです！」

そうこうしていると、今度は背後から頭に何かが当たった。

凛音の放った水鉄砲だ。プシュプシュと見せつけるように、彼女は迷宮の天井へ向け、水を放っている。

「よし、鬼ごっこ開始！　ダーリンを皆で捕まえるよ！」

「おいおい……さすがに捕まるほど甘くはないぞ？」

「麻耶ちゃん、お兄さんにおねだりして」

「お兄ちゃん！　捕まって！」

流花の指示を受けた麻耶のおねだり攻撃！

「お兄ちゃん捕まる！」

もちろん、頼まれたら逃げるわけにはいかない！

「よーし、このまま捕まえてもらって、夕食はお兄さんに奢ってもらいましょうか」

「……っ！」

凛音の一言を聞いた俺は、即座に海へと潜った。

「ああ、ちょっと!?」

「凛音ちゃん！　余計なこと言わないで！」

「し、しまったです！　いけ、私の魔法！」

海中から声を聞いていると、凛音から魔力が溢れた。

見ると、俺を追いかけるように水の塊が迫ってきていた。

魔法まで使って、なんでもありだな。

ただ、俺をこのくらいの魔法で捕まえられるとは思わないことだ。

迫ってきた水魔法を蹴り飛ばし、破壊する。

そのまま、俺は海の生物の如く遠くまで泳いでいくと、それに迫るように玲奈もやってきた。

遅れて、浮き輪組が近づいてきている。玲奈が基本的に俺を追いかけ、残りの浮き輪組の誰かで俺を捕まえるように追い込みをかける、という作戦なんだろう。

「甘いぞ玲奈！」

「お兄ちゃん！　ちょっとストップ！」

「うぐっ……！　動け、俺の体……！」

麻耶の頼みによるデバフを、俺は弾き返す。

飛びかかってきた玲奈が手を伸ばしてきたが、それを魔力凝固で固めた海水を蹴り付け、横に跳ぶようにかわす。

水が俺の体にまとわりついてきたが、すべて振り払うように泳いでいく。

遅れて、麻耶が飛びかかってきたが、それもかわす。抱きつかれたい気持ちを必死にこらえて、な。

続いて浮き輪組が仕掛けてくるが、ここはまあ問題ない。

そうして包囲網を突破したと思ったら、また玲奈が行く手を阻む。

「ふっふっふっ。ダーリン、覚悟！」

「覚悟っておまえ、本気じゃねぇか！　そんな勢いでぶつかられて、俺が気絶したらどうするつもりだ！」

魔力による身体強化が、Sランク迷宮に挑んだときのようだ。

「最悪溺れてもいいよ！　あたしがたっぷり人工呼吸するから！　むしろ溺れてね！」

「……私も、そのときは手伝う」

「わ、私も……頑張りますね！」

「良かったねお兄ちゃん！　安心だよ！」

「何も安心じゃないぞ麻耶！」

「大丈夫です。私、上級救命士の講習ちゃんと受けていますので」

霧崎さんまで冗談に乗っていらっしゃる⁉

「待てー！」

玲奈がそう叫んだと同時、凛音の水魔法も飛んでくる。

こいつら、どんだけ本気なんだよ！

「ダーリン！　覚悟！」

凛音の生み出した水に乗るようにして、玲奈が飛びかかってきた。

俺は水を蹴るようにして移動すると、玲奈が先ほどまで俺がいた場所へと着水する。

大きな水しぶきを上げた彼女はすぐにまた俺を見ると、笑顔とともに襲い掛かってこようとするのだが、

「れれれれれれ玲奈！　水着！」

慌てた様子で流花が叫んだ。

「え？」

流花の言葉を受けた彼女は、首を傾げながら視線を落とし……それから驚いたように目を見開き、胸を隠すように動いた。

「わ、わわわわ！　ダーリンタンマ！　こっち見ないで！」

さすがの彼女も、羞恥心があるようで海に潜るように体を隠して叫ぶ。

「……おまえさっきの格好とあんまり防御力変わってないと思うけど、そこは恥ずかしさ感じるんだな」

「か、感じるよ！　皆！　あたしの水着探してー!?」

……ひとまず、鬼ごっこは中断だな。

夜。散々海での追いかけっこやボールで遊んだりしていたからか、家に戻ってきて夕食を食べた後には皆、各自の部屋へと向かっていた。

玲奈は今日は流花と一緒に寝るらしく、彼女を連れて部屋に入っていった。昨日はそんな感じで凛音の部屋に押しかけていたらしい。

……海での追いかけっこは、特に狙っていたわけではないのだが、かなりいい訓練になったと思う。

部屋へと向かった俺は外の景色を眺めながら、伸びをする。

そろそろ、俺も寝るかな。明日もまた迷宮に行き、ある程度戦闘したところで家に帰る予定だしな。

そう思っていると、部屋がノックされた。麻耶だ。魔力の感知を常にしているので、扉を開ける前から分かる。特に麻耶の魔力なんだから間違えようがなかった。

「麻耶、開いてるぞ」

「お兄ちゃん、もうそろそろ寝ちゃうところだった？」

「寝ようかな、とは思ってたけど何かあったのか？」

麻耶はこちらへ駆け寄ってきて、ベッドに腰掛ける。

俺も彼女の隣に腰掛ける。

「もう休み終わっちゃうなーって思って。お兄ちゃんとお話でもしようかなって思ってたんだ」

「……なるほどな。寝るのがちょっともったいないなって思ってたのか」

「そうかも」

寝ちゃったらすぐに朝になるもんな。

気持ちは分からないではない。

「でもまた皆の予定が会えば、いつでも来れるだろ？」

俺がそう言うと、麻耶は少し間を空けた後、嬉しそうに口元を緩めた。

「……そうだね。お兄ちゃんがそう言ってくれるのが嬉しいよ」

「俺が？」

「だって、お兄ちゃんってあんまり誰かと深く関わろうとしてこなかったでしょ？」

　バレたか。

　さすがに俺の妹なだけあって、麻耶の洞察力は鋭い。

「近所の人にも、いい人、っては思われてるけどさー、お兄ちゃんが私の大ファンだとか、冒険者として活動していることとかも何も知らない人、たくさんいるよね。いわゆる、いい人止まり、ってやつだね」

「別に、それでご近所付き合いはうまくいってるし、問題なくないか？」

「普通に過ごす分にはいいんだけど……。私としてはちょっと寂しいかな？　本当のお兄ちゃんのこと話せる人が周りにいなくて……お兄ちゃんのこと自慢できる相手がいないんだもん！」

「それはお兄ちゃんとしてはちょっと恥ずかしいのでやめてもらいたいんだけど……」

「ていうのは半分冗談だよ。でも、お兄ちゃんの周りに人がいないっていうのはちょっと嫌だなぁってずっと思ってたんだ」

「それは……まあ、俺引きこもりみたいなもんだし」

　俺がそう言うと、麻耶はベッドに深く腰掛け、足をぷらぷらと動かす。

「お兄ちゃん、意識してあんまり仲良い人とか作ってこなかったでしょ？」

……本当に麻耶はお兄ちゃんのことをよく見ているんだな。

「んー、まあな」

「理由はやっぱり、強いから？」

「そうだな。強い力は、色々と面倒を引き寄せるかもしれないからな」

力を持つ人の周りには、厄介事も増えていく。

だから俺は、昔からソロで活動していたし、冒険者ランクの再検査をしてこなかった。

不必要に俺が目立つと、下手をすれば麻耶にまで被害が及ぶかもしれないからだ。

まあ、それも黒竜のせいで全世界に配信されてしまったので今は無理に隠してはいないけど。

「やっぱりそうだよね。でも、だからこそ皆も強くなりたいって思ってるのかもね？」

「……皆っていうと、流花たちのことか？　あいつらは、それぞれにそれぞれの目標があるからだろ？」

流花はSランク冒険者、凛音は自身の夢を叶えられる力、玲奈が強くなりたいと思った動機は、やはり迷宮爆発に巻き込まれてからなんだし、凛音と似たような理由だろう。

「それももちろんあるけど、一番お兄ちゃんの近くにいても大丈夫になりたいんだと思うよ」

「別に、今のままでも近くにいても問題はないけどな」

「その返事はいいと思うけど、本質には届いてないよお兄ちゃん」

「どういうことなんだ？」

「乙女心(おとめごころ)は複雑ってこと！　色んな理由があって、守ってもらう立場だけじゃ皆嫌だってこと」

「……はぁ？」

「とりあえず、お兄ちゃんが今の時間を楽しんでくれてるって聞いて、私も安心したよ」

「それは、もちろんだ。麻耶も楽しんでいるんだよな？」

「うん！　自慢のお兄ちゃんを皆と共有できてるからね！」

ベッドから立ち上がった麻耶は嬉しそうに胸を張る。

麻耶は麻耶で、俺のことを気にしすぎているんだよ。

「それじゃあ……私もそろそろ寝ようかな」

あくびをして部屋から出ていこうとする麻耶を、俺は呼び止める。

「麻耶」

「ん？」

「俺は冒険者として活動していたことも、今の生活も、全部楽しめてるからな」

麻耶は、自分のせいで俺の人生を台無しにしてしまった……と思っていることがあるというのは知っている。

昔、麻耶が小学校に通っているときに友人にそう話していたらしい。

だから今も、俺のことを気にかけているんだろうけど、どの時間を切り取っても俺にとっては楽しい思い出ばかりだ。

……いや、もちろん痛い思いをしたことはあるけど、すべては今の麻耶を見るためのものであり、それはつまり将来の楽しい生活への投資みたいなものだ。

「……うん、ありがとう。お兄ちゃん」

麻耶は笑顔とともに、部屋を出ていく。

……麻耶が悲しまないようにするには、俺も全力で自分の人生を楽しむ必要がある。

まあ、その結果が今の麻耶のファンなので、これからも麻耶には配信を頑張ってもらわないとな！

第六章　焼肉大好き　記念配信

本日は、流花と玲奈とともにコラボ配信を行う予定なので俺は現地を目指して歩いていた。

人通りも増えてきたので、念のため隠密性能を強化するため、パーカーのフードを被りながら周囲の様子を見る。

俺が今いるここは、通称魔食通りと呼ばれている場所だ。

迷宮が出現してからできた有名な通りであり、ここでは周辺の迷宮から入手できる魔物の素材を生かした様々な食事が楽しめるようになっていた。

今日の俺たちのコラボ配信の目的も、それだった。

そんな魔食通りに着いた俺は待ち合わせ場所にしていた通りの中ほどにある建物の前に来たのだが、すでに流花と玲奈の姿があった。

「おっ、ダーリン。おっはよー」

「おはよう」

「ああ、おはよう。もしかして待たせたか？」

一応遅刻しないようにちゃんと出発してきたし、予定の時間よりもまだ早い。

「ううん、大丈夫だよ。あたしたちが早く着いただけだし」

「うん」

「流花ちゃんが今日の配信楽しみみたいで、かなり早く来てたんだよね？」

「べ、別にそんなことは……ない」

……まあ、今日のコラボ配信の提案は流花からだしな。

楽しみなのは事実なようで、流花のワクワクとした雰囲気が伝わってくる。

「とりあえず、『美食の迷宮』に向かうか？」

二人は俺の言葉に頷き、歩き出す。

この通りには出店のようなものも多く、すでに多くの店舗が開いている。

通りには、調理された料理たちの匂いが充満しており、朝飯を食べてきたにもかかわらず食欲が刺激される。

「わー、美味しそう！　ウマミオークの串焼きあるよ！」

「……それは、美味しい。肉汁が溢れて止まらない」

「詳しいな」

「体験済み」

……もしや、流花はここで朝食を済ましたのだろうか？

「じゃあ、あっちのバジリスクステーキはどう？」

「あれも美味しい。鶏肉かと思ったけど、全然違う。食べたことがないなら、おすすめしたい」

「じゃあ、まだお店開いてないみたいだけどあっちのソードフィッシュのフライは？」

「私、魚はそこまで好きじゃないけど、また食べたいって思った」

玲奈が通りにある店舗について質問をしていくと、そのすべてを流花が自身の感想を交えて伝えていく。

この通りで食事をする機会があれば、流花に聞けばおすすめの店とかはすぐに見つかりそうだな。

通りを抜けると、公園のような広場が見えてきた。目的である美食の迷宮も見えてきたな。

玲奈もそれを確認したからか、元気よく手をあげた。

「迷宮入ったらすぐに配信開始するってことでいいんだよね？」

「うん。今日の企画の説明は私がするから、オープニングは任せて」

さすが、提案者なだけはある。やる気満々のようだ。

美食の迷宮の前に着いた俺たちは早速中へと入っていく。

「ダーリンはまだ来たことないんだっけ？」

「ああ。別に行きやすい立地ってわけでもないしな」

「だよね。迷宮の構造は黒竜の迷宮と同じで様々なランクの魔物が出るし、家から近い黒竜の迷宮のほうがいいもんね」

「そういうことだ」

迷宮の基本的な構造は、「黒竜の迷宮」と同じだが、すでに最終階層が判明している迷宮だ。

迷宮の完全破壊を行わないのは、この迷宮がもたらす経済効果が大きいから。

全50階層で構成されているこの迷宮は、十の倍数の階層でボスモンスターが出現するというオーソドックスな造りとなっている。

下の階層に行けば行くほど、魔物の強さが徐々に上がっていき、最終的にはAランク相当の魔物が出てくるということで、Aランク相当の迷宮となっている。

つまりまあ、美食目的ではない冒険者からすれば黒竜の迷宮で十分というわけだ。

ただ、料理を得意とする冒険者、あるいはこの迷宮で得られた素材を持って帰り、料理配信をするような冒険者には非常に人気でもあるそうだ。

迷宮の1階層に下りた俺たちは、他の冒険者たちの邪魔にならないよう隅のほうへと移動する。

「それじゃあ、そろそろ配信を始める」

流花がスマホを取り出していた。

「了解だよ！　カメラマンはどうする？　何かに固定して始める？」

「一応、スマホ用の三脚も持ってきてるから、それでもいいと思うけど」

玲奈と流花がそんな話をしていたのだが、俺がすっと手をあげる。

「俺がやろっか？　今回のメインは流花だし、その流花と一緒に映るなら玲奈のほうがいいだろ？」

俺だって配信業界については勉強してるからな。

流花のファン層は男性が多いわけで、そこに俺が映るよりは玲奈のほうがいいだろうという判断だ。

俺はどちらかといえば、今日はスタッフくらいの立場でいたほうがいいと思っていた。

「大丈夫。別に私に影響ないし」

「みたいだよね。この前百万人おめでとう！　だったのに、登録者数百五十万人突破してたもんね！」

「うん……でも、お兄さんのほうが、凄くて……そこは悔しい。もう百八十万人突破してたし……」

この前の【雷豪】ギルドとのコラボのおかげもあってか、さらに視聴者が一気に伸びたのだ。

【雷豪】ギルドが日本ではトップクラスの知名度を持つ冒険者ギルドだったこともあり、より一般層に幅広く伝わったのが理由のようだ。

「いやいや、ダーリンの場合はちょっと規格外だからね。これ参考にしちゃダメダメ」

「人を指差すんじゃない。でも……まだ麻耶の登録者数は百万人突破くらいだろ？　ちょっとなぁ」

「いやいや、黒竜の一件から馬鹿みたいに跳ね上がってるからね？　それまでのペースとは比較にならないくらいだからね？」

「だとしても、もっとマヤチャンネルをアピールしないといけないからな」

日夜、マヤチャンネルを伸ばすため様々なことを考えてはいるのだが、なかなか伸ばす方法が見つからない状況だ。

「まあ、とりあえずお兄さんも登録者数百八十万人おめでとう」

「おう、ありがとな」

そんな話をしながらも、俺たちは配信の準備を進めていく。

流花が鞄から取り出した三脚を安定する位置に立て、そこにスマホを設置する。

俺と玲奈もその様子を確かめていく。

今日の配信は、流花のチャンネルで行われる。内容としては『登録者数百五十万人突破記念！』ということだ。まあ、あとでまた正式に事務所のほうで配信をする予定ではあるそうなので、今日はあくまで流花個人で行う予定のものだ。

流花の配信はすでに予約されているのだが、その待機にはかなりの人数が集まっている。

コメントもすでに打ち込まれていて、それを眺めていく。

〈150万人って早すぎないか？〉

〈100万人からのペースが圧倒的だったなw〉

〈お兄ちゃんの大活躍で、事務所自体の知名度が上がったからな……〉

〈事務所所属の子たちの登録者数にバフがかかってるもんな今〉

〈事務所もここぞとばかりに新規配信者をデビューさせてるし、それも初動ブーストえぐいしなw〉

〈だから今日はお兄ちゃんをゲストで呼んでんのか〉

そんな感じで盛り上がっているようだ。俺もそこまで拒絶はされていないようだ。

もちろん、細かく見ていくと、俺とのコラボへの反対派もいるが、それよりは賛成の意見多数だな。

どんなに天使な麻耶でもアンチは一定数いるしな……。

好みは人それぞれであり、嫌いな人の趣味嗜好(しこう)を否定するつもりはない。

「……麻耶」

「え？　いきなりなに……」

「ホームシックだ」

天使の麻耶を想像していたら寂しくなってきてしまった。

「こっち来てまだ一時間くらいしか経(た)ってないけど……普段、麻耶ちゃんが学校行ってるときどうしてるの？」

「配信見てなんとか抑えてる。麻耶成分が足りなくなってきたかも……」

「麻耶ちゃん中毒だね！　仕方ない！　足りない分はあたしが補塡(ほてん)してあげよう！」

「何も補塡にならないからな？」

抱きついてこようとした玲奈をアイアンクローで撃退する。

俺の深刻な状態とは裏腹に、流花は何やら呆(あき)れたように配信準備を進めていく。

「皆、準備できた？」

「俺は問題ない」

「あたしも！　それじゃあ、あたしが配信開始のボタン押すから二人とも並んでて！」

　玲奈がスマホが置かれた三脚のほうへと向かう。言われた通り、俺と流花が並んで立つと、すぐに玲奈が声をあげる。

「それじゃあ始めるよ！」

　玲奈がそう宣言をして、配信を開始する。

　急いで玲奈もこちらへとやってきて、俺たちの隣に並ぶ。

「皆さん、こんにちは」

〈おお、始まった！〉

〈ルカちゃん、久しぶりーー！〉

〈ルカちゃん、150万人突破おめでとう！　¥20000〉

〈これからもルカちゃんの元気な姿をみたいです！　¥10000〉

〈頑張ってくれ！　¥10000〉

〈今日はお兄さんとレイナちゃんとのコラボ配信だったか〉

〈お兄ちゃんもちーっす〉

〈レイナ、お兄様にあんまり近づかないように〉

そんなこんなでコメントは凄い勢いである。俺と玲奈のチャンネルでも宣伝していたからか、視聴者はすでに五万人を超えていた。

かなり、ハイペースだろう。

そんな中、流花が笑顔を浮かべながら今日の企画についての説明を始める。

「今日は私の百五十万人突破を祝うために、お兄さんと玲奈に来てもらった」

〈ほぉ？〉

〈なぜこの二人なんだ？〉

〈一体何をするんだ？〉

「今回の百五十万人突破記念で、私はいくつかやりたいことがあった。その一つが、私が満足するまで魔物の肉を食べること！」

流花がいつにも増して楽しそうな様子で声をあげると、コメントも一斉にされる。

〈なるほど……〉

〈魔物肉ってことは、かなり金かかるよな……？〉

〈普通に店で食おうとしたら、やばい金額だぞ……〉

〈ルカちゃんの食欲考えたら、まじで数百万とぶぞ〉

……だろうな。

もしも俺が流花に奢る場合は、食べ放題の店以外はなるべくなら避けたいと思っているくらいだしな。

「そういうわけで、今日はお兄さんと玲奈に来てもらった。二人とも、今日の勤務内容を、どうぞ」

「どうも。紹介されたお兄さんこと、迅だ。今日はこの食欲魔人な先輩に呼び出され、迷宮での魔物狩りの命を受けました。こき使われてこようと思います」

〈草〉

〈……え？　まさか現地調達？〉

〈えぇ……ルカちゃん、まさか魔物肉食べ放題するために、Sランク冒険者二人も連れてきたの……？〉

〈やってることがやばすぎるｗ〉

〈さすが『リトルガーデン』。やることがぶっ飛んでんなｗ〉

確かに……そう言われるとそうだな。

俺に続いて、玲奈が手をあげる。

「はいはい！　私はお肉を最高の焼き加減にするために呼ばれたよ！　火担当とダーリンの面倒を見るために来てるって感じかな？　よろしくー！」

〈なにがダーリンだ女狐！〉

〈Sランク冒険者連れてきて焼肉の火を担当させるって草生えますよ〉

〈ルカちゃん、先輩の立場を完全に使いこなしてんなw〉

〈150万人突破記念日くらいはいいよなw〉

「うん。今後、もし後輩で同じことしたい人がいたら私に相談して。事務所に伝えておくから」

〈頼もしい先輩だ〉

〈魔物肉食べ放題とか、今後の味覚形成に問題出てくるんじゃないかw〉

とりあえず、今日の配信の目的は無事説明完了だな。

「食品の加工も、すべてお兄さんと玲奈がやってくれることになってる。私は座って待ってれば、いい。最高の配信になりそう」

それはもうとても楽しみな様子だ。

「まあ、俺は基本食料運ぶから、玲奈に任せると思うけどな」

「任せて！」

〈そういえば、魔物の素材って加工が大変なんだったっけ？〉

〈そうそう。魔力の膜があるからな〉

〈魔物のランクが高いと、それを破壊するのも大変なんだよなぁ〉

コメント欄にあるように、魔物の素材はそのままでは使えない。

すべて、ドロップしたときに魔力の膜に覆われているからだ。

なので、低ランクの冒険者がこの美食の迷宮に来ても、素材は手に入っても食事はできない、なんてこともある。

魔物の素材の加工は……別に難しいわけじゃない。

例えば、フグの毒袋を取るような知識や技術を必要とするのではなく、単純に力が必要だ。

魔力の膜に守られてしまっているため、それを破らないと本来の肉の食感などが楽しめないのだ。

例えば高ランクの武器か魔力付与による装備の強化、あるいはそれに準ずる魔力をぶつけて、魔力の膜を破壊する必要がある。

だからこそ、迷宮で手に入れた素材を食べる場合には普通のお店よりも高価になってしまうことがほとんどであり、先ほどの魔食通りにある店の商品はだいたい高額になっている。

……そんな高級品を、今日は流花が食べまくる、という企画なので、百五十万人突破記念としてはかなり派手なのは確かだ。

「まあ、お兄さんも玲奈も、この迷宮の魔物くらいなら全然問題なさそうだから、加工の心配はない」

〈ですよねー〉

〈どっちもSランク冒険者だもんなw〉

〈一応、お兄さんは公式ではGランク冒険者だけどなw〉

そんないつも通りのコメントのやり取りを眺めていると、流花がちらとこちらを見てきた。

「……というわけで、今日は私が食べたかったグラントレックスの肉の食べ放題をするために、まずは50階層に行ってもらう必要がある」

〈グラントレックスって美食の迷宮のボスじゃねぇか！〉

〈こいつ、ボスモンスターのドロップ肉を食べ放題するのかよw〉

〈ボスモンスターって一回倒したらそれっきりじゃないの？〉

〈一定時間で復活する。そして、このグラントレックスは復活の間隔が早いし、複数体で出現するからかなり面倒な迷宮〉

〈一度倒せば、10分程度で復活するから、同時に倒すのが基本〉

〈逆に言えば、同時に倒さなければ一生グラントレックスを狩り続けられるがそんなことやるメリットは基本ないｗ〉

「詳しい人、解説ありがとう。そう……グラントレックスは無限に出てきてくれる」

「まさに鴨(かも)がネギしょってくる、みたいなもんだな」

「本当は黒竜を食べまくりたい気持ちがあったけど、復活まで時間がかかるって聞いて断念」

〈ｗ〉

〈ルカちゃんの思考がやばいｗ〉

〈候補に挙がってた黒竜くん、ホッとしてそう〉

〈黒竜「あぶな!?」〉

「というわけで、50階層に行く必要があるんだけど……私と玲奈は行ったことあるんだけど、お兄さんはないんだよね？」

流花の問いかけに、俺はこくりと頷(うなず)いた。

「なんで、俺は転移石を使えないから、とりあえず50階層を目指す必要があるってわけだ」

〈お兄さんないのか〉

〈まあ、食事目当てじゃないなら必要ないもんな〉

〈逆になんで、ルカちゃんはあるの？〉

「昔、玲奈と一緒に来たことがある」

「あのときも、流花ちゃんが美味しいもの食べたい、って言ってあたしが連れてきたって感じ」

〈そんな、ちょっと旅行行く感覚で行くなよｗ〉

〈お兄さんがおかしい人代表だと思ってたけど、『リトルガーデン』全員おかしい説〉

神宮寺リンネ〈巻き込まないでください。ルカさん、おめでとうございます。食べ放題楽しんできてください　￥２００００〉

〈リンネちゃんいて草〉

「凛音、ありがと。凛音もそろそろ五十万人突破するし、そのときは何かお兄さんを利用できることを考えておくといい」

「流花さんや、俺の意見はないのかね？」

神宮寺リンネ〈分かりました！〉

「おーい？　勝手に分かるんじゃないぞ？」

コメントにあったように、『リトルガーデン』の人たちは麻耶以外変な人ばかりだな。

「そういうわけで、とりあえずお兄さんには一人で50階層に行ってもらう予定なんだけど、まずはタイムアタックに挑戦してもらう」

〈え？〉

〈え？　お兄ちゃんこっからダッシュで行くのか？〉

〈いや、普通に考えて無理じゃないか？　基本的に一階層当たり、早くても30分くらいかかるよな……？〉

〈道中の魔物や中ボスがいることも考えたら普通に1日がかりになると思うんだけど……〉

〈下手(へた)したら合流できなくね？〉

「そこは大丈夫だよ。だって、ダーリンだよ？」

「うん、お兄さんだから」

〈あっ……うん〉

〈確かに、それで何とかなってしまいそうな気はするが……〉

〈いやいや、でも普通に考えて無理だろ？〉

「皆にはどれだけで到着するか予想してもらう」

「ダーリンが50階層に向かうまでの道中は、ダーリンのチャンネルで配信するから、そっちも見てあげてね。それじゃあ、ダーリン……少しの間、お別れだね。また会えたら、いっぱい愛してあげるから！」

「俺帰っていいか？」

「ダメ。焼肉、待ってる」

「待ってるのは俺じゃないの？」

流花と玲奈がびしっと敬礼をして転移石へと向かおうとしたので、俺はその流花を呼び止める。

「ちょっと待ってくれ二人とも。お前たちにこれを授ける」

俺は鞄に押し込んでいたビブスを取り出し、それを流花に渡す。

流花は不思議そうに首を傾げ、それを広げる。

ビブスには前面と背面に大きなゼッケンがつけられており、二次元コードがついている。

「……お兄さん？　これ何？」

「え？　二次元コードでマヤチャンネルのＵＲＬを読み込めるようにしてきたんだ。天才だろ？」

マヤチャンネルの登録者数を増やすための秘密兵器だ。

今後は、これをＴシャツにでもプリントして、毎日着ようかと思っているくらいだ。

〈草〉

〈何やってんだこの馬鹿兄貴はｗ〉

〈てめぇのチャンネルのを作れよｗ〉

「……………前面、背面両方とも？」

「いやいや、今回はコラボって聞いてたからな？　この背中のを読み取ってみろ」

「……え？　もしかして私のチャンネル……？　——って、これお兄さんのチャンネル！」

流花が声を張り上げると、コメントが増える。

〈草〉

〈まるでコラボを気にしていないｗ〉

「冗談冗談。ほれ、この裏にあるやつが流花のチャンネルのだからな。この紙を破ればいいんだよ」

裏は冗談のつもりでテープで紙を貼り付けただけだ。

なので剝がすのは非常に簡単だ。

すぐに外すことができ、そこにはちゃんと流花のチャンネルへと飛べるようになっている。

「……いや、それだと今度はお兄さんのは？」

「ダーリン！　これ、あたしのチャンネルないよ！」

「玲奈のは……いいかなって」

「酷い！　……あっ、これはダーリンの愛？　皆にあたしを取られたくないっていう気持ちの表れかな？」

「違うが？」

「それなら仕方ないね！」

「今から全力で用意してきてもいいんだぞ？」

〈相変わらずレイナとお兄ちゃん仲いいな〉

〈女狐ぇ！　変なこと言うんじゃやない！〉

……俺と玲奈が話していると必ずといっていいほどコメント欄に厄介そうなファンが出てくるんだよな。

それを見て、玲奈が楽しそうに笑っている。

「……えーと、とりあえず麻耶ちゃんと私のチャンネルの宣伝はできる、ってことでいい？」

「そういうことだ。マヤチャンネルの宣伝よろしくな」

「……うーん……うん。まあつけないけど、宣伝はやっとく」

〈お兄ちゃん成長してるな……〉

〈ちゃんと配慮できるようになってるじゃないか……〉

〈これ感動していいのか……？〉

コメント欄は困惑しているが、とりあえず納得はされたようだ。

「……色々、あったけど……とりあえず私50階層に移動するから。皆さんはお兄さんが何分で到着するか予想して」

「ダーリン。あんまり時間かけるとあたしたちも暇になっちゃうから急いでねー」

「おう、了解」

〈いやいや〉

〈何分……？〉

〈いや、マジで言ってんのか？〉

〈さすがに無理だろ？〉

〈お兄さんが規格外なのは知ってるけど、これはまた別問題じゃないか……？〉

懐疑的なコメントがいくつも増えていたが、俺は特に気にせず準備運動を続けながら、スマホの操作を行う。

そちらでは俺のチャンネルの配信もできるよう準備してあるので、配信を開始する。

「さっき言ってた通り、一応移動中の様子はこっちで配信する。まあ、画面めちゃくちゃになるから、注視しないようにな。あと、コメントされても見ないから、返事は期待しないように」

「あくまで、お兄さんのほうはズルとかされないように、ってことで。それじゃあお兄さん。私たち50階層で待ってる」

「頑張ってね、ダーリン！」

「おう、了解」

流花たちが手を振り、転移石で移動していった。

「んじゃ、そろそろこっちも出発するかね」

コメント欄を最後に確認すると、俺の到着を予想するようなものばかりになっている。

〈今お兄ちゃんがいるのって「美食の迷宮」で……Aランク迷宮だよな？〉

〈50階層って……普通一つの階層を攻略するのに1時間くらいかかるだろ？　んで、ボスモンスターも10階層刻みでいる、と〉

〈まあ普通に考えたら地図ありでも1日くらいはかかるけど……〉

〈いくらお兄さんでも……今日の配信中に再会できるのか？〉

〈普通に考えたら無理だが、まあお兄さんだし半日くらいあればつくんじゃないかw〉

〈下手したらもっと早いかもな？〉

〈6時間くらいか？〉

〈まあ、現実的に考えればそうだよな〉

準備運動しながらコメントを見ていると、だいたい予想も出てきたようだ。

六時間くらいが予想としては多いな。

「おまえら、その予想でいいんだな？　んじゃ――行くぞ」

俺はそのコメントを最後に、スマホを手に持って前へ向ける。

それから、地面を蹴った。

俺の目標としては一つの階層を五秒ほど。

ボスモンスターのフロアはボスを倒して、次の階層に進めるようになるまでの時間込みで、十五秒。

そう考えると、ざっくり五分もあれば到着する予定だ。

幸い、ここは平原のような造りとなっているため、空中に足場を使って跳躍して移動してしまえば、あっという間に次の階層へと行ける。

魔力の流れで次の階層に繋がる道も分かっているしな。

……五秒、切れる場合もあるな。

階段に関しては一番上から飛び降りるように移動して、一瞬で次の階層へ。

幸い、道中に人も見かけなかったので特に迷惑になるようなこともなかった。

そうして、予定より少し早く10階層に到着する。

「ギエ！　ギエ⁉」

現れたのは美味しそうな豚の魔物。

ただ、すまないが構っている時間はない。

中ボスモンスターを一瞬で蹴り殺し、次の階層へ。

まあ、このくらいの階層なら魔物相手に時間がかかることはない。

あっという間に49階層まで到着し、目的の50階層への階段の位置もすでに把握済み。

空中へとまずは蹴り上がり、それから次の階段へと向けて魔力凝固で固めた空中の足場を蹴り付け、移動する。

50階層への階段入り口に到着したので、俺はゆっくりと階段を降りていく。

「お兄さん、来なかったら……今日の企画で食べられる焼肉が減っちゃう……」

「まあ、ダーリンなら大丈夫だと思うよ？　たぶん十分もあれば着くと思う」

「今七分経過……あれ？　階段を降りてくる音が聞こえるけど……この魔力って」

階段にて配信をしていた流花と玲奈がこちらに視線を向ける。

目が合うと流花は驚いたように、玲奈はおっすーといった感じで手をあげている。

「あっ、きたきた！　こっちだよダーリン！」

「……」

〈ふぁっ!?〉

〈え？　もうきたのか!?〉

〈もうお兄さん来たのか!?〉

〈いや、さすがにやらせだろこれは……っ!?〉

〈途中で転移石使ったんじゃないか……？〉

〈……いや、階段降りた回数はちゃんと配信の方で数えてたぞ。やらせじゃねぇ〉

〈あっちの配信速すぎて何が起きてんのかわかんねぇよ！〉

〈一応、10、20、30、40階層のボスは倒してたから……ちゃんときてるはずだw〉

「お、お兄さん……!?　もう来たの!?」

「だから、事前に話してただろう。遅くても十分くらいだって」

「……いや、あれお兄さんのいつものジョークかと……」

「俺がジョークを言ったことあったか？」

「そういえば……いつも本人は至って真面目だった」

なんだその言い方は。

〈お兄さんの配信見てたけど……全部の階層移動してたぞ……〉

〈ていうか、お兄さん視点のカメラがマジでやばかった。飛行でもしてんじゃないかって感じだったっ〉

〈お兄さんの高速移動みてるだけでドキドキするとか、マジもんだな本当に……〉

〈向こうの配信みてたけど、跳躍、滑空、跳躍、滑空……って感じで……人間の動きじゃねぇ……！〉

〈見てたけどまるで編集か切り抜き動画のようになってて草、いや草も生えねえわ……〉

〈お兄様……！　さすがですぅ！　改めて惚れました！〉

〈ていうか、誰の予想も当たってなくて草〉

〈適当に言ったやつのコメントが一番近いっておかしいだろw〉

どうやら盛り上がってはくれたようだな。

「んじゃ、こっからは流花のチャンネルで焼肉配信になるわけだが、さっさとこの先行くか？」

「うん……食べる準備はできてる」

「あたしも、いつでも焼く準備はできてるからね！　あとは、食料調達班に頑張ってもらわないと！」

そう言いながら、流花と玲奈が立ち上がり、階段を降りていく。

俺も軽く伸びをしながら、その後をついていくのだが。

「……あっ、ちょうどボスモンスターに挑戦中の人たちがいるね」

「おっ、そうだな」

恐らく、転移石で移動してきたんだろう。

流花も気づいたようで、そちらを映さないようにカメラを少し下げる。

〈マジか〉

〈まあ、それが終わってからだな〉

「……ただ、ちょっと苦戦中か？」

「うーん……押されてるね」

冒険者たちは十人ほどで組んでいるパーティーだ。

ただ、グラントレックスはすでに最大数である十五体まで出現しているようで、二人のタンクが必死に攻撃を受け止めている状況だ。

「パーティーは、タンク2、アタッカー4、ヒーラー2、サポート2ってところか」

「ちゃんと、パーティー編成してるね」

「だな」

〈……お兄ちゃんの口からそういうワードでるとはな〉

〈お兄ちゃん、アタッカー1の特殊編成だからな〉

〈何も編成じゃないんだよなぁ〉

冒険者というのは……普通はあんな感じで大人数でパーティーを組み、迷宮に挑戦する。

ただし、人数が多ければその分一人当たりの取り分も減ってしまうので、そこはそれぞれのパーティーで考えて迷宮に挑んでいくことになる。

この十人で普段から迷宮に潜っているということはあまりないだろう。

たぶんだが、ボスモンスターを倒したという箔をつけたいんだろうな。

〈おっ、今ちょうど美食の迷宮で配信してる人たちいるぞ〉

〈おお、ほんとだな〉

〈十人でボスモンスター挑戦中の動画あげてるし、映しても問題なさそうだな〉

……へぇ、そうなのか。

たぶん、配信とかで記録を残すことによって、討伐した証拠としているんだろう。

確かに、十人の後ろには三脚付きのスマホが置かれていて、それを確認したところで流花が遠くから様子を映した。

〈おお……ちゃんとパーティーで戦ってる！〉

〈なんか普通の戦いで、ちょっと感動してるぞ俺〉

〈そうだよな……これが普通の冒険者だよな〉

まるで普通じゃない冒険者がいるようなコメント欄だが……ちょっとまずいな。

タンクの人たちの魔力がかなり限界だ。

……一応、アタッカーたちによってグラントレックスを倒せてはいるのだが、同時に倒すことができず、復活されてしまっている。

このままだと、タンクの魔力が持たず、いずれ戦線が崩れるだろう。

「……く、そ！　だめだ！　そろそろ限界だ！」

「ど、どうするの⁉　撤退するっていっても、グラントレックスから階段まで逃げ切れないわよ⁉」

そんな叫び声が聞こえる。

逃げるにしても、グラントレックスたちに対処しながらだと恐らく階段に到着するまでかなり時間がかかるだろう。

「……助けたほうがいい？」

「そうなんだけど、冒険者同士だといざこざがあるからな。ちゃんと許可取らんと」

「だよねー。勝手に助けた！　って文句言われることもあるし。まあ、配信してるからそこまでのことはしないと思うけど」

俺も玲奈も、助ける側に回ることが多いのでそのあたりの知識は結構持っていた。

「んじゃあ、俺がちょっと行ってくる。玲奈は打ち漏らしたやつを仕留めてくれ」

「それってつまり、あたしは何もしなくていいってことだよね」

いやいや、俺だってたまには見逃すこともあるんだからな？

万が一のことを考え、流花を守るために玲奈には待機してもらい、俺は50階層内へと向かう。

一番最後方にいた女性に近づき、声をかける。

「ちょっといいか？」

「え、なに!?　ってお兄様!?」

なんだ、俺のこと知ってる人か。

振り返った彼女は俺とさらに流花たちが階段のほうにいるのを見て、何度も見比べてくる。

「ルカさんと女狐（めぎつね）も……な、なんで!?」

「今日はここでコラボ配信する予定だったんでな」

「あっ、ここだったんだ！　あ、会えて嬉しいです……！」

「じゃなくて、今危険な状態だから助けたほうがいいかもと思ってな。ほら、一応冒険者同士だから、許可取らないとだろ？　どうする？」

「もちろん！　助けてください！　逃げるにも、逃げられないんです！」

「了解だ」

俺が確認すると、魔法使いっぽい格好をした女性がすぐに声をあげた。

「皆！　逃げるわよ！」

「逃げるっつったって……」

「お兄様が助けに来てくれたわ！」

「え？　お、お兄ちゃん⁉　マジで⁉」

「うわ、生お兄様！」

次々に、声があがる。

……いや、全員知ってるのかよ。

まあおかげで、すぐに全員が逃げるために動き出してくれた。

後退してきた彼らと入れ替わるように前へと歩いていくと、グラントレックスが飛びかかってきた。

狙いは足の遅い重装備のタンク。だが逆に俺が、そのグラントレックスに飛びかかるように蹴りを放ち、吹き飛ばした。

「い、一撃……それも蹴りで……」

「早く逃げてくれ」

「は、はい……！」

グラントレックスたちが次々に逃げ出した冒険者たちを狙うのだが、俺がすべて一撃で仕留めていく。

全部仕留めると、再出現までは少し時間がかかっちゃうんだったか。

まあでも、ひとまず全部倒しちゃってもいいか。

グラントレックスたちが警戒するように俺を見て、足を止めていた。

観察するようにこちらを見ていたそいつらへ、俺は笑みを向ける。

様子なんて、窺(うかが)ってる暇あるのか？

俺が内心でそう問いかけた次の瞬間、すべてのグラントレックスの首を手刀で切り落とし、全滅させた。

〈マジかよ……〉

〈一瞬かよ……〉

俺は階段のほうへと戻った。

そちらへ戻ると、息を切らして倒れていた冒険者たちがこちらに気づいた。

「あ、ありがとうございました……」

「もうちょっとで、誰かがやられてたと思います……」

冒険者たちは息も絶え絶えになりながら、感謝の言葉を伝えてきた。

「いや、別にいいんだ。何もなくてよかったよ」

「ほんと、お兄様たちがたまたま今日ここで配信してくれてて助かりました」

「今日は流花のお祝い配信でな、良かったら見てくれ」

今日の主役は流花だからな。

ちゃんと宣伝してあげると、一人が疑問を抱いたようで頬をひくつかせながら手をあげる。

「お祝いって……ここでするんですか？」

「ああ、あいつらの肉で焼肉パーティーするんだ。またグラントレックスに挑戦するなら、いつでも交替するから言ってくれ」

「……きょ、今日は……いいです」

よほど疲れたのだろう。彼らは乾いた笑いとともに転移石を使って、別の階層へと消えていった。

「……とりあえず、これで問題なく焼肉、始められる」

「うん。早速準備しないとね！」

流花と玲奈は階段付近にて焼肉の準備をしていく。

一度グラントレックスたちを全滅させたこともあり、準備も余裕を持ってできるな。

〈さっきの今でこれってなんか草〉

〈さっきまで危機的状況だったのに、空気感が完全に変わってるんだよなぁ〉

〈お兄ちゃんのおかげで、危機という概念がなくなってんだよなぁｗ〉

流花が折りたたみ式のテーブルを取り出し、紙皿と箸を準備する。

さらに、肉を焼くための鉄板も用意していたようで、流花の鞄（かばん）からにゅるりと取り出された。

「流花。気になっていたんだが、それってマジックバッグだよな？」

マジックバッグ。迷宮内で稀（まれ）にドロップすると言われている超レアなアイテムだ。

中は異空間に繋（つな）がっており、アイテムなどを収納しておけるものだ。

「うん。今日は荷物が必要だと思ってたから事務所から借りてきた」

「事務所で管理してるんだな」

「うん。ただ、これはそんなに荷物運べるわけじゃないから、比較的安価だったみたい。今出したものでほとんど限界」

……なるほどな。

まあ、見た目は普通の肩掛け鞄くらいのサイズで、焼肉のためのプレートなどを入れておけるのだから便利ではある。

ただまあ、確かにこのくらいしか入らないとなると、取引価格は数百万円前後か。

〈事務所の備品だよな〉

〈たまに機材などを運ぶときとかに使ってることあるな〉

〈まあ、焼肉のために使われたのは今回が初めてだろうけどw〉

だろうな。迷宮に持っていくマジックバッグをこんな使い方したのは流花が初めてだろう。

さて、肉を調理するための環境が着々と整っているところで、ボスモンスターであるグラントレックスが姿を見せた。

数は……十体。それを数えている間にさらに後ろのほうにも出現している。

すでにこちらには気づいているようで、臨戦態勢だ。

〈再出現タイプの珍しいボスモンスターなんだよな〉

〈こいつら、マジで厄介って料理系配信者が言ってたな〉

〈だろうな……こいつら一体一体がAランク上位級あって、おまけにどんどん増えるんだからな……〉

〈つーか、もう十体もいるってやばくね？〉

そんなコメント欄の様子を見ていると、グラントレックスたちが突っ込んできた。

グラントレックスは前足が退化し、後ろ足だけがしっかりと筋肉のついた見た目をした恐竜だ。

体自体は細身であるのだが、機動力はかなりのもので、一気に迫ってくる。

先頭にいたグラントレックスがこちらへと飛びかかってくる。

俺を、標的と認識したのだろう。その飛びかかってきたグラントレックスの首根っこを摑んで、握りつぶした。

「……ぐえ⁉」

悲鳴をあげながらグラントレックスの首をもぐと、霧のように消滅する。

ドロップした肉を片手で拾い、玲奈にパス。玲奈が即座にプレートに載せ、程よい温度で焼き上げていく。

その間に、次のグラントレックスたちが飛びかかってくるが、すべて一撃。殴る、蹴るで仕留め、玲奈にパスする。

「はい、一丁あがり！」

玲奈がそう言って、トングで流花の皿へ載せると、流花は目を輝かせながら肉を食べ始める。

〈ええ……〉

〈なんだこの連携は⁉〉

〈あぁ……Aランクのボスたちがただの食材になってくぞ……〉

〈異様すぎるだろこの光景〉

〈お兄ちゃん、全部一撃ってやばすぎるw〉

〈さっきもそうだったけど、やっぱお兄ちゃん強すぎるわ〉

ドロップした肉一枚が、ステーキのように分厚いのだが……流花はそれを飲むかのように口へ運んでいく。

「……え？　何これ……？　肉汁が……とまらない……お肉、柔らかすぎる……美味しい……っ」

「あっ、次焼けたよ！　あたしもちょっと食べたい！　あーん！」

「はい、どうぞ」

玲奈が口を開けると、流花が箸で一口サイズにして渡した。

「うーん、美味しい！　さすが美食の迷宮の食材だね！」

〈いいなぁ……〉

〈やべぇ、見てるだけで腹減ってきた……〉

〈飯テロすぎる……〉

「あっ、そうだった。炊いておいた炊飯器も持ってきてたんだ」

「おっ、いいね！」

流花が再びマジックバッグから今度は炊飯器を取り出した。

……マジックバッグ内の時間は止まっているらしく、食品などもできたてで保存しておける。

だからこそ、飲食店などは鮮度が命の部分もあり、余計にこのアイテムの価値は高いのだ。

「このステーキをご飯に載せて……この肉汁だけでいける」

「あたしも、食べるほうに集中しよっと！」

「おい！　俺も食いたいから交替しないか？」

「頑張ってダーリン！」

「クソっ。あとで交替しろよ！」

後ろから肉の焼けるいい匂いがしているのだから、こっちとしても食べたくなってくる。

突っ込んでくるグラントレックスを倒しても、すぐに新しいのが出現するので、そいつらを千切っては投げ、千切っては投げて倒していく。

〈……なんやこの異様な光景は〉

〈お兄ちゃんが紙でもちぎるかのようにグラントレックスを倒していくのも異常だし、のんびり焼肉楽しんでる二人もおかしすぎるだろｗ〉

〈……当たり前のようにお兄さん一人でAランク迷宮のボスと戦ってるけど、グラントレックスってかなり強い部類のボスだよな？〉

〈さっきの冒険者たちみたろ？　あの人たち全員Aランク冒険者だからな？〉

〈それがあんだけ苦戦してんだから……Sランク冒険者ってやっぱ異常な強さだわ〉

〈※この光景は普通の冒険者ではありえませんので、誤解しないように〉

〈さっきの冒険者たちのおかげで勘違いもしないだろうなぁ〉

さすがに、そろそろ肉の在庫も確保できただろうと思って見てみると、流花と玲奈が飲むように肉を食いまくっていた。

「食う速度速すぎるだろっ。俺の分はいつできるんだ」

「美味しくて……つい」

「ダーリン、おかわりちょうだい！」

無邪気に叫ぶ玲奈に、俺は視線をグラントレックスたちに向ける。

まだ三体しかいないのかよ。

「ああ、もう！　さっさと復活しろ！　うちの姫たちがキレるぞ！　俺の食う分確保するためにもっと出てこい！」

〈草〉

〈ボスモンスターの復活時間が遅くてブチギレるのなんてこいつくらいだろｗ〉

〈お兄ちゃんもバケモンだけど、ルカちゃんの食事もバケモンだなｗ〉

〈あれ？　こうみるとレイナちゃんが一番まともなのか……？〉

〈まとも（お兄ちゃんのストーカー）〉

それからも俺は皆の肉を確保するために、グラントレックスたちを狩りまくっていった。

それからもしばらく戦っていくと、さすがに流花と玲奈の食事のペースも落ちてきて、

俺の分も肉が回ってきた。

コメント欄には凛音や麻耶、さらに事務所所属の子たちも羨ましがるようにコメントを残していき、百五十万人突破記念焼肉パーティーは無事盛り上がって終了の時間となった。

「今日はありがとう。最高の配信にできた」

〈すげぇ満足そうだなw〉

〈そりゃああんだけ好きな肉を食べられればそうなるわなw〉

「改めて、事務所で記念配信をするから、そのときは見に来てくれると嬉しい」

〈必ず見ます！〉

〈その時は楽しみにしてますね！〉

「それじゃあ……今日はありがとう。お兄さんと玲奈も、お肉調達してくれてありがとね」

ぺこりとこちらに頭を下げてきた。

「満腹か？」

「腹八分目」

「……え」

「冗談。もう家までは何も食べなくても大丈夫」

「……それも冗談？」

「それは本当」

〈マジかよｗ〉

〈やっぱ『リトルガーデン』はやばい連中の集まりだわ〉

一体流花のこの細い体のどこに食事したものはいってしまうのだろうか。

もしかしたら、流花の胃はマジックバッグに繋(つな)がっているのかもしれない。

「とりあえず……名残惜しいけど、そろそろ終了。皆さん、それじゃあまた」

〈ばいばいルカちゃん〉

〈たくさん食べられて良かったね！〉

〈お兄ちゃんとレイナも協力してくれてありがとな〉

〈また今度、ルカちゃんを満腹にさせてくれい〉

〈こんな馬鹿げた配信できるのは、お兄ちゃんがいてこそだろうなｗ〉

……果たして、流花が満腹になることはあるのだろうか。

俺たちも流花に合わせて手を振り、そこで配信を終了した。

「ふう……無事終わった」

「そうだね。あたしも、久しぶりに美味しいお肉たくさん食べられて大満足だよ」

「まあ、確かにうまかったな」

さすが、美食の迷宮と呼ばれるだけはある。他の迷宮の魔物の素材に比べると、数段上の味だっただろう。

俺たちは家に帰るため、近くの駅へと向かって歩いていった。

海外のとある迷宮内。

「〝て、てめぇ……！〟」

「〝弱ぇなてめぇは〟」

二人の男が向き合い、英語が飛び交う。

よろよろと起き上がった男性だったが、ドレッドヘアーの男性がその首根っこを掴み上げる。

ドレッドヘアーの男性が力を込め、男性の体を持ち上げると、勢いよく腹に拳を叩き込んで、意識を奪い取った。

ドレッドヘアーの男性は意識を失った男性を放り投げると、背後でカメラを固めていた女性へと振り返り、両手を広げた。

「〝おい。視聴者共、見てるか？　こいつが世界ランキング１５５位の冒険者、グレル・マスタードだ。こいつで１５５位だぜ？　弱すぎんだろ〟」

ケラケラと笑いながら、ドレッドヘアーの男性はカメラに向けて暴言を吐きまくる。

もちろん、そんなことをすればコメント欄も荒れに荒れる。

〈〝いい加減にしろよ〟〉

〈〝まじで吐き気がするわ、クズが〟〉

〈〝アレックス、まじで気持ち悪いんだよ。早く消えろ〟〉

〈〝いい加減、有名なSランク冒険者に凸すんのやめろよ〟〉

〈〝迷惑配信者、引退しろまじで〟〉

だが、アレックスは気にしない。

低評価が散々につけられても、アレックスにとっては問題にもならない。

こんな生放送でも、視聴者数がいれば金になる。数こそ少ないが、ファンもいて彼らの金が生活の足しにもなる。

とはいえ、アレックスにとっては暇つぶしのようなものだった。

別に配信界隈（かいわい）で有名になりたいわけではない。

ただ彼は、純粋に他人を不幸にするのが好きだった。

視聴者たちは、アレックスが敗北する場面を見たくて何度も見にきている。だが、アレックスは負けない。それで悔しそうにコメントを残していく彼らの姿を想像し、アレックスは愉悦を感じているのだ。

アレックスは絶対に負ける戦いはしない。彼自身がSランク冒険者として上位の存在であり、かつ敵との力量差を見極めるのが得意だからだ。

配信は終了し、アレックスはカメラマン兼通訳の金髪碧眼の女性――クレーナに声をかける。

「〝クレーナ。次にいいネタになりそうなターゲットはいないか？〟」

「〝ネタ、となるかは分かりませんが……最近、日本のほうで二人の冒険者が話題になっています〟」

「〝日本？　あの冒険者後進国で何だって？〟」

クレーナはカメラをしまいながら、意識を失ったままの男性冒険者に回復魔法を施し、魔物が出ない階段まで運んでいく。

クレーナの仕事には、アレックスが傷つけた相手の治療も含まれているのだ。

それを確認したアレックスはクレーナとともに階段をあがり、迷宮の外へと向かう。

「〝先日、ムトウという冒険者がSランク迷宮の魔物……黒竜を単騎で撃破したこととれまでの活動実績を含め、現在ムトウのランキングが134位にまで上がり、日本最高の冒険者になりました〟」

「〝はあ、なるほどな。次の相手としてはちょうどいい位置だな。んで？　もう一人は？　ムトウってのが日本最強なんだろ？　もう一人はムトウ以下ってことだろ？〟」

「〝ムトウは……日本最高の冒険者です。……もう一人、ジンという冒険者がいます〟」

「〝そいつのランキングは？〟」

「〝……ランキングには、そもそも入っていません〟」

「〝はあ？　意味分からねぇな。つまり、Sランクじゃないんだろ？〟」

Sランク冒険者と判定されたものたちは、世界冒険者機構に自動で登録され、そこでランキングされるようになっている。

これは、各国で迷宮被害があったとき、どのくらいの順位の冒険者に依頼を出すかの目安とするために、管理されているものだ。

なので、アレックスが言うように、Sランクではない冒険者はこのランキングの順位判定がされないのだ。

「〝ジンは、冒険者としてのランク再検査を受けていないだけで、ムトウと同じく黒竜を単騎で撃破しています。そのときの映像がこちらになり、それがあまりにも衝撃的だったため、現在人気爆増、というわけです〟」

アレックスはクレーナから渡されたスマホで、その動画を確認する。

英語翻訳がついたその映像を見始めたアレックスは、その内容を見て口元を緩めた。

「〝いいね。確かに、次のターゲットにはちょうど良さそうだぜ〟」

「〝……ですよね。それでは今すぐ日本に向かいましょう。すでにチケットは確保しているので〟」

「〝やけに仕事がはぇえな〟」

「〝私も生のお兄様を見ておきたいので〟」

「〝てめぇもファンかよ。まあいい、次の目標は日本だ。まずは黒竜ぶっ潰す配信やって、次はムトウ、そんでメインディッシュのジンだな〟」

「〝黒竜、ですか。日本では脅威とされていますが、アレックスから見てどうなんですか？〟」

クレーナの問いかけに、アレックスは小馬鹿にしたように口を開く。

「〝黒竜。こいつ、見たかぎりだとランキング１００位くらいのやつなら余裕だろうぜ。日本の冒険者どもが情けねぇんだよ〟」

アレックスの言う通りではあった。

日本の冒険者のレベルはそこまで高くはない。アレックスが言う通り、海外基準のSランク冒険者ならば黒竜相手にそこまで苦戦することもない。

黒竜の迷宮に誰も来ていないのは、黒竜程度のSランク迷宮なら日本に限らずどこにでもあるからだ。

Sランク冒険者たちは、それらのSランク迷宮を日本政府が出せないような高額の報酬と引き換えに攻略している。

Sランク迷宮は今も新たに発見されていることもあり、報酬を出していない国の迷宮攻略に割く時間がないというのも事実だ。

迅があそこまで注目されていたのは、日本という冒険者の質がそこまで高くない国で、配信中だったこと、また日本のネット民たちが盛り上がっていた部分も大きい。

「〝それなら、アレックスもまったく問題なさそうですね〟」

「〝当たり前だ。ランキング21位を舐めんじゃねぇぞ〟」

そう言ったアレックスは、濃い笑みを浮かべた。

第七章　迷惑系配信者　アレックス

武藤が本日の仕事を終え、ギルド事務所から出たときだった。

「兄貴……それで？　お兄様のサインはもらってくれたの？」

「ああ！　もらったよ！　ほらこの色紙に、妹さんの分もね！」

武藤は笑顔とともに色紙を見せる。

「まじで⁉　ありがとう兄貴！　大好き！」

「……そ、そうか？　ははは、他にも頼みがあればなんでも言ってくれ！　僕にできることがあれ――」

だらしなく笑っていた武藤だったが、次の瞬間だった。

凄まじい魔力の圧を感じ、すぐに武藤は表情を引き締めた。

「〝ここで張ってれば、出てきてくれると思ったぜ？〟」

「……なんだおまえは？」

武藤は蓮華を庇うように、前に出る。蓮華は冒険者ではなかったが、状況的に危険なことを理解する。

武藤が眉間を寄せると、クレーナが前へと歩み出て、ぺこりと頭を下げる。

「初めまして、私はクレーナと申します。こちら、アレックスのカメラマンを務めさせていただいています」

「……アレックス」

武藤はその名前を聞いたことがあった。

Sランク冒険者の中には、何名も問題児がいるのだが、アレックスはまさにその一人だったからだ。

そして、彼が日本に来ていたことも、武藤は知っていた。

「……黒竜の討伐だけが目的じゃなかったのか」

アレックスは、突然日本に来て黒竜を討伐する配信をあげていた。

その様子に、日本のSNSなどでは、あちこちで見せ物にされている黒竜に同情の声が集まっていたほどだ。

「〝そうだ。今日はおまえと戦ってる場面を配信に撮ろうと思ってな〟」

すぐにアレックスの言葉を、クレーナが翻訳すると……武藤は顔を顰(しか)めながら、蓮華に視線をやる。

「悪いが、僕は興味ない。帰ってくれないか？」

「〝そういうわけにはいかねぇんだよ。あーいや――〟」

アレックスの視線が蓮華へと向けられ、意地悪く笑みを浮かべる。

「〝そっちの女狙えば、本気でやってくれるよなぁ!?〟」

アレックスは叫ぶと同時、蓮華へと突っ込む。

武藤は即座に反応し、その間に割り込んでアレックスの拳を受け止める。

「貴様……!」

重い一撃に、武藤は唇を噛んでから、アレックスを弾き飛ばす。

武藤は小さく息を吐いてから、視線を蓮華に向ける。

「蓮華は、事務所に行きなさい」

「……え、でも……兄貴どうするの？」

「こいつに、話は通じない。あちこちで問題を起こしていてね。説得してどうにかなる相手じゃないんだよ」

武藤がそう言って、雷を纏っていく。

アレックスが笑みを浮かべてから、地面を蹴った。

その速度に、武藤の表情が歪む。

アレックスの、圧倒的な魔力を撒き散らしながらの突進に体が恐怖する。

迅と戦ったとき以上の迫力に、武藤は即座にその場から飛び跳ねた。

その後を一切考えない自身の命を守るための回避行動は、ギリギリで間に合った。

武藤が先ほどまでいた場所には、巨大な穴が開いていた。激しい轟音とともに放たれた一撃の凄惨さに、武藤は顔を青ざめさせていく。

「〝よくかわしたじゃねぇか。それが、いつまで続くかなァ！〟」

アレックスが狂気の笑みを浮かべながら、地面を蹴る。

武藤は全力で肉体を強化し、アレックスの拳をかわす。

さらに加速した武藤は、その勢いでもってアレックスに攻撃を叩き込んだが、

「〝何かしたかよ？〟」

アレックスは笑顔を浮かべ、武藤の一撃を軽々と正面から受け切った。

「くそっ！　化け物め！」

世界ランキング21位、ということを武藤も分かっている。

ランキングだけで見れば、格上で勝てない相手ということも分かっていた。

それでも、速度だけは武藤のほうが僅かに上回っている。

どこかで決定的な一撃を叩き込めればチャンスはあると考えた武藤は、魔力を高めつつ、そのチャンスを窺っていた。

「〝ちょこまかと、うざってぇやつだな〟」

アレックスがだんだんと苛立ちを覚え、大振りの攻撃が増えていく。

武藤もわざと速度を回避できるギリギリまで落とし、アレックスの大振りを誘う。

そして……そのときがきた。

それまで以上にアレックスが大きく足を振り抜いた瞬間、武藤は即座に回避し、魔法を放った。

武藤が準備していた魔法は、黒竜を吹き飛ばした一撃にして、迅に受け切られた一撃。

アレックスの回避は間に合わない。その雷魔法のすべてを、受けることになる。

だが、迅と戦ったときと比べ、武藤もこの魔法の威力を上げるための訓練を行っていた。

さらに出力を上げた武藤は、トドメの一撃にアレックスへ雷を纏った拳を叩き込んだ。

だが、アレックスの胸に当たった拳が……握られた。

武藤はゆっくりと顔をあげ、邪悪な笑みを浮かべるアレックスを見て体が震える。

「……無傷、だと……」

「〝この程度が、必殺技ねぇ。んで、日本人共はこれで盛り上がってた、と。くっだらねぇ、さすが、冒険者後進国はやることがお笑いだぜ〟」

アレックスの手から逃れようとしたが、力強く握りしめられた武藤がそこから抜け出すことはできない。

「〝必殺技〟ってのはこういうのを言うんだよ！」

アレックスが叫びながら、拳を振り抜いた。

魔力を伴った一撃が、武藤の腹部に突き刺さり、その体を吹き飛ばす。

血を吐きながら地面を転がった武藤は、ぼやけた視界の中でアレックスへ視線を向ける。

彼が何かカメラに向けて話をしている。遠くから、悲鳴と聞き覚えのあるギルドメンバーの声を耳にしながら、武藤は悔しさを形にするように拳を握りしめながら、意識を手放した。

武藤さんがアレックスに襲われたということを、俺は後日知った。

すぐに武藤さんに連絡を取り、彼のお見舞いのため俺は病院へと来ていた。

すでに回復魔法で治療はされていて、五体満足ではあるようなのだが、念のためにとギルドメンバーから入院させられている、と彼は話していた。

病室へと入ると、武藤さんともう一人、茶髪の女性がいた。顔立ちが武藤さんと似ていて、とても整っている。

もしかして……妹さんだろうか？　もしもそうだったら出直したほうがいいか？

女性と武藤さんの視線がこちらに向いた瞬間、女性の顔が変化した。

「え!?　お、おおおおおお兄様ですか!?　え、やだ!?　化粧とかちゃんとしてないのに……!?」

「えーと、武藤さんの彼女さん？」

「そう見えるかい、鈴田さん！」

嬉しそうに叫んだ武藤の頭を、女性が叩いた。

「キモいこと言うな馬鹿兄貴。あっ、お、おおおおお兄様の大ファンの武藤蓮華と言います。あの、サインありがとうございました！　無理言ってごめんなさい！」

「いや、いいって。やっぱり妹さんだったか。雰囲気が似てるな」

「そ、そうですかね!?　あっ、私……その……飲み物買ってきますぅぅ！」

鞄を持って、勢いよく病室を飛び出していく。

武藤さんはとても寂しそうにその背中を見ている。

悪いことをしてしまったかもしれない。

「……もしかして、タイミング悪かったですか？」

「いや……いいんですよ。それに、鈴田さんと話したいことがいくつかあったし……ちょうど良かったですね」

とりあえず、お見舞いの品を近くの机に置きながら、俺は彼の状態を見る。

……魔力の様子は問題ないな。体も特に外傷は見当たらない。

少し、呼吸のペースが前回会ったときと比べて違うか。

多少、体にダメージは残っているのかもしれないな。

「とりあえず、怪我(けが)はないですか？」

「……まあね。一応アレックスの用意していた女の回復魔法もあって無事ですよ。ただ、多少痛みはあるから全快ってわけじゃないですけど」

「まあ、回復魔法も万能じゃないですから。でも、安静にしていればすぐ復帰できそうですね」

「……そうですね。それと、鈴田さんにこれを渡しておきます」

そう言って、彼はこちらにいくつかの紙を渡してきた。

誰かの名前や住所、電話番号などが書かれている資料だ。

「これは？」

「僕は結構海外のギルドとも縁があって連絡したところ、君を匿(かくま)ってくれるギルドがいくつか見つかったんですよ」

「……君はアレックスが僕を倒した後の最後の配信を見てなかった、かな？　アレックスは、次はジンを倒す、と話していたんです。……だから、すぐに避難したほうがいい。何をされるか分かったものじゃないです」

なるほどな。

俺は渡された手元の紙を見てから、それを握りつぶした。

「え⁉」

「避難するつもりはないですよ」

紙を丸め、近くのゴミ箱に放り投げてから俺は席を立つ。

帰ろうとした俺の手を、武藤さんが慌てた様子で摑んできた。

「な、何を、言ってるんですか……！　相手は世界ランキング21位の男なんですよ⁉」

……直接戦った僕だから、よく分かる。彼は、次元が違うんですよ？」

「友達怪我させられてんです。黙ったままでいられないですよ」

「……友達」

俺の言葉に、武藤さんは摑んでいた手首を離した。

「向こうはただの遊び半分でこんなふざけたことをしているのかもしれないですけど……

「俺を匿う？」

誰の友人に手を出したのか、はっきり話してやらんとな」

「……」

「とりあえず、俺の心配はしなくて大丈夫です。武藤さんは心配させた妹さんのこと、ちゃんと見てやってください」

俺がそう言って病室を出ると、扉のすぐ近くにいた蓮華に気づいた。

「お兄ちゃん、独り占めして悪かったな。中で待ってるぞ」

「別に……それはどーでもいいですよ……」

「そっか？　まあ、兄妹(きょうだい)ゆっくりしててくれ」

「……その、あの」

歩き去ろうとしたところで、蓮華が呼び止めてきた。

「さっき、中での会話少し聞こえて……私からも、お願いします。……兄貴、馬鹿にされたこと、ほんのちょっぴり、ほんとーにちょっぴりだけど、むかついてます。……だから、その、注意してきてください！」

素直じゃないなこの子は。

丁寧に頭を下げてきた蓮華に、笑顔を返す。

「ああ、分かってる。妹さんの怒りも全部ぶつけてきてやるから、お兄さんが元気になるまで面倒見てやってくれ」

「お兄様……！　ありがとうございます！」

まったく。

今日は麻耶（まや）と玲奈（れいな）のコラボ配信なんだけどな……。

アレックスめ。余計な仕事を作りやがって。

麻耶たちの配信を流しながら、アレックスの居場所でも探すか。

俺は耳にワイヤレスイヤホンをさし、麻耶のコラボ配信を聞き始めた。

二人は今日、Eランク迷宮『ハイゴブリン迷宮』に挑戦するとのことだ。

一応、麻耶メインで戦うのだが、同行者として玲奈もついていくそうだ。

今の麻耶の実力なら、まったく問題ないと思うが……一人は危険だからな。

本当は俺が同行しようと思っていたのだが、結果的に見れば玲奈で良かったな。

『やほー！　今日は護衛兼カメラマンで同行するよー』

玲奈の元気な挨拶が聞こえてきた。

ただまあ、俺の目的はアレックスだ。

まだ日本にいるというのなら、魔力を感知すれば見つかるだろう。
……俺は周囲の魔力に意識を向ける。
アレックスの実力は、日本国内で見ればずば抜けている。
だから、その魔力量も恐らく日本で一番のはずだ。
だが……感知には引っかからないな。恐らく、魔力を消しているんだろう。
『どーも！　今日は玲奈さんと一緒に迷宮の完全破壊を行ってくよ！』
『麻耶ちゃんって迷宮の完全破壊って初めて？』
『うん。だから玲奈さん、手取り足取り教えてください！』
『うんうん！　もうなんでも教えちゃうよ！　将来のあたしの義妹になるんだしね！』
何勝手に妹にしてんだこら。
……おっといけない。
俺は深呼吸をしながら、アレックスの魔力を探す。
……日本国内で見ても、大きな魔力はそりゃあある。
ただ……武藤さんと比較するとそれを超える反応は見当たらない。
これだと、アレックスが行動しない限り、見つけるのは難しいな……。
アレックスが魔力を抑えていたとしても、一度アレックスの魔力を認知すれば、見つけるのは難しくないんだがな。

『迷宮の完全破壊って……確か迷宮最新部のボスモンスターの奥にある部屋にある魔石を持って帰ればいいんだよね？』

麻耶の可愛い問いかけに、玲奈が元気よく返事をする。

『うん。そうだよ。なんでも、迷宮の魔力量が増え始めちゃってるみたいで……そろそろ変異とか爆発が起きちゃうかもっていうことで今回の依頼が来たんだよね。もともと、あたしたちの事務所は何かあったときに協力してるしね！』

協会には無理のない範囲で協力しておいたほうが、色々といいことがあるそうだ。

俺としては、そもそも能力の再検査を受けていないので、協会にもまったく認知されていなかったが……まあ、そのうち能力再検査はすることになる日も来るかもしれない。

別にSランク冒険者として評価されるのはいいが、麻耶が配信しているときは仕事をしなくてもいいのなら、再検査は受けてもいいと思っている。

多少のわがままが許されるのが、Sランク冒険者の特権だからな。

それを悪用し、暴れ回るアレックスのようなやつもいるが。

『それじゃあ、早速出発ー！』

『いえい！　いこっか！』

玲奈は、麻耶とピクニックにでも行くかのようなテンションだ。

……今日も麻耶は天使だ。

配信のほうは、まあ大丈夫だろう。

俺はこのハイゴブリン迷宮にすでに潜り、すべての罠を破壊済みだ。といっても、低ランクの迷宮なので罠自体ほとんどないが。

迷宮内の端から端まで罠がないかを確認し、危険な魔物がいないかなど慎重にすべて見てきた。

その結果、まあ大丈夫だろう、というのが俺の判断だ。

『わーっ、ゴブリンでた！』

麻耶たちの進む先にハイゴブリンが出現したようだ。スマホを見てみると、確かに麻耶の行く先をハイゴブリンどもが塞いでやがる。

……くそったれどもめ。

『麻耶ちゃん、ハイゴブリンだから一応気をつけてね？』

『分かってる分かってる、事前に様子見だけはしてるしね』

麻耶はにこりと無邪気に微笑んでから、地面を蹴る。

一瞬でハイゴブリンへと距離を詰める。うまい！　天才だ！

そして、短剣で首を切断し、別の一体の背後へと回る。

仲間がやられていたハイゴブリンだが、まだ麻耶の速度に気づけていない。

麻耶は背後からハイゴブリンの首を斬りつける。

〈完璧だ！　神！〉

俺は自分の個人用のアカウントでコメントを打ち込みながら、画面を見ていると……いつの間にか戦闘が終わっていた。

〈マヤちゃんつよっｗ〉

〈黒竜相手はともかく、マヤちゃんもマジで強いよな……〉

〈前より、明らかに強くなってるよな〉

当然だ。この前の七剣の迷宮で訓練もしてるわけだしな。

それからも二人は問題なく戦闘をしていく。玲奈は基本後方にてカメラマンを務めているが、たまに近づかれたハイゴブリンを一瞬で焼き払っていく。

まあ、玲奈なら問題ないな。

あとは麻耶が可愛いからって気を抜くんじゃないぞ、玲奈。

それからも配信を見ているが、雑談を交えながらも特に問題なく進んでいく。

〈心配してたけど、これならまったく問題なさそうだよな〉

〈どっちも余裕すぎて俺の心配が無駄みたいじゃんｗ〉

確かに、コメント欄の言う通りかもしれない。

〈……リトルガーデンもかなり実力のある子増えてきたよな〉

〈もうこうなってくるとギルドみたいになってきたよなマジで……〉

〈まあ、配信者たちの集まる事務所って疑似ギルド、みたいな部分もあるからな〉

〈最近低ランク迷宮の発生も増えてるからな。協会だけじゃ対応しきれないし、そのあたりは事務所とかで引き受けるってのもありなのかもね〉

協会は……まあ、人手不足だからな。

協会に所属している冒険者というのはかなり少ない。

単純に協会は公務員なので、給料が決まってしまっているからなぁ。

実力のある冒険者が所属するメリットといえば、安定性くらいだろうか？

協会でももっとも能力があるのは会長ではあるが、もうかなりいい年齢だしな。

〈もうリトルガーデンもギルドにしちゃえばいいのになｗ化け物いるんだしｗ〉

〈それに、リトルガーデンには核兵器みたいなのいるしな……〉

核兵器。

確かに、麻耶は世界中の戦争を止められるだけの可愛さがあるが……そんな言い方はないだろう。

とはいえ、「リトルガーデン」がギルドを名乗るのも悪くはないかもしれない。

……ただまあ、所属メンバーが若い子ばかりというのは問題かもしれない。

誰か引っ張っていける人がいなければ、皆も迷いが生まれてしまうだろう。

配信は特に事故などなく、この迷宮の最終階層である10階層へと到着する。

『さてさて、次でいよいよ最終階層だけど、準備いい!?』

玲奈がそう宣言し、麻耶がこくりと頷く。

「大丈夫だよっ」

『それじゃあ！　行こっか！』

玲奈の宣言に合わせ、二人は10階層へと降りた。

『……あれ？』

麻耶が首を傾げ、俺はそこに映っていた男と女を見て、スマホを握る手に、力がこもる。

『……うわ、なんかいると思ったら……最悪』

玲奈が嫌そうな声をあげながら、麻耶にスマホを投げ渡したのを見て、俺はすぐに地面を蹴った。

……男と女。

ドレッドヘアーの厳つい顔をした男――アレックスが、麻耶と玲奈を見て笑顔を浮かべていた。

玲奈は魔力を検知していたので、誰かがいることは理解していた。

ただ、魔力を隠していたため、その正体がアレックスとクレーナとまでは気づいていなかった。

玲奈が前に出るように歩いていき、アレックスが笑みを浮かべた。

「〝よぉ、ジャパニーズガール。おまえたち、ジンの仲間なんだよな？〟」

「……なに言ってんの？」

「〝おまえたちは人質だ。ジンを誘き出すためのな〟」

玲奈はジトリと睨むようにクレーナを見て、それから彼女が翻訳をしていく。

「……アレックスは、あなたたちをジンを連れ出すための人質にしようと思っています。もちろん、暴れなければ危害は加えませんので、安心してください」

「〝ああ、でもレイナのほうはちょっと強いんだったか？　世界ランキングは……149位か。……ちょっと、相手してやるか。こいつらの配信も、お兄ちゃんとやらは見てんだろうしな。痛めつけたら本気でぶつかってくれんだろ〟」

ぺろりと下品に唇を舐め、アレックスは玲奈へ視線をやる。

「アレックスは、レイナさんに興味を持ったようですね」

「……あっそ。格下狩りのアレックスってだけはあるよね」

玲奈は視線を階段のほうに向けた次の瞬間、アレックスが地面を蹴った。

「〝ちょっと、遊んでやるよ！〟」

アレックスの速度を見て、玲奈は即座に肉体を強化し、攻撃をかわす。

ギリギリではあったが、それでも迅との訓練で何度もその速度は経験していたので、回避が間に合う。

回避した玲奈は即座に火の魔神を生み出す。

巨大な火の魔神が、アレックスへと拳を叩き込むと、アレックスはそれに拳を合わせ火の魔神を吹き飛ばした。

「〝おいおい。こんなしょぼい火で終わりか？〟」

アレックスがひらひらと手を振った次の瞬間、火の魔神が再び起き上がり、アレックスを押さえつける。

と同時に、玲奈が火のレーザーをアレックスへと放った。

「〝はっ、魔法の展開速度だけは早いな〟」

アレックスは火の魔神をいとも容易く弾き飛ばし、火のレーザーをかわす。玲奈の魔法は地面に当たり、その周囲で大爆発を起こした。

迫るアレックスから距離を取るように玲奈が後退しながら、火の壁を作り出す。

だが、アレックスは止まらない。常人ならば火傷するような高温だろうと、すべて無視して突き破る。

「……ほんと、ランキングの上の人たちって化け物ばっかりだね」

玲奈はぼそりとそう言いながら、全身を強化する。

回避が間に合わず、玲奈はアレックスの拳をまともに喰らい、吹き飛ばされ、壁に叩きつけられる。

「……うぐ」

よろよろと起き上がった玲奈に、アレックスは肩を回しながら近づいていく。

「〝多少は楽しめたが……まあ、所詮こんなもんだろうな〟」

アレックスの言葉に、玲奈は唇をぎゅっと結んでから彼を睨んだ。

「……何言ってるか、分からないけど……バカにされてるっていうのは分かってるよ」

「〝ああ？〟」

玲奈はそれから魔力を集めていく。

「あたしはダーリンの隣に並ぶために、強くなったんだから」

玲奈はそう呟きながら、再び火の魔神を召喚する。

だが、その火の魔神はアレックスへと攻撃を仕掛けるためには動かない。

火の魔神の手が玲奈の肩へと乗り、取り込まれていく。

「ダーリンに助けられて、ダーリンのおかげで今のあたしはあって……」

火の魔神が取り込まれるのに合わせ、玲奈の体から火が溢れ出していく。

「ダーリンに凄い憧れて、強いし、誰にでも優しくて……でも、ダーリンはいつも一人……」

玲奈も、迅と一緒にいる時間は長い。だからこそ、彼のことは麻耶と同じくらいよく分かっていた。

特に、Sランク冒険者になった玲奈にとって、その力に集まってくる様々な人間たちの汚さを見てきたからこそ、よく分かっている。

「ダーリンは、自分の力で誰かを巻き込みたくないって思ってるから……そんなダーリンの近くにいるっていうのなら――お前みたいな火の粉、あたしが焼き尽くせないとダメなんだよね」

火の魔神のすべての力が、玲奈の体へと取り込まれていった。

それと同時、玲奈の全身から青い炎が舞い上がる。

顔をあげた玲奈の右目には、青い炎が宿り、彼女の決意を示すようにその両目は凛々しくアレックスを睨む。

次の瞬間だった。玲奈は一瞬でアレックスの背後へと移動し、その背中を蹴り飛ばした。

まったく反応できなかったアレックスだったが、ダメージはさほどないようで、すぐに体を起こす。

「〝はっ、なるほどな。面白いじゃねぇか！〟」

アレックスが地面を蹴り付け、玲奈へと殴りかかる。玲奈がそれを正面から受け止めると、すぐにカウンターの拳を放って吹き飛ばす。

吹き飛んだアレックスへ、玲奈は片手を向けて青い炎のレーザーを放った。

しかし、アレックスはすでに空へと跳び、攻撃をかわしていた。

「……あんまり、時間はかけられないから、ちょこまか逃げないでほしいんだけど！」

玲奈が叫び、空中へ逃げたアレックスを蹴り飛ばす。

だが、すぐにアレックスは起き上がり、笑みを浮かべる。

「〝その瞬間火力だけ見りゃあ、お前のランキングはもっと上位だろうな〟」

「……」

玲奈は少しずつ乱れ始めた呼吸を整えるため、深呼吸をする。

玲奈がこのフルパワーで戦えるのは、一分程度。そこからは徐々に能力が落ちるどころか、熱量に体が耐えきれなくなるため、解除する必要がある。

すぐにアレックスを倒すために近づいた玲奈だったが、アレックスの拳が玲奈の腹部にめり込んだ。

強化された肉体で受け切った玲奈は、その体を蹴り飛ばすのだが、アレックスはすぐに起き上がる。

「〝そっちがいいもん見せてくれた礼だ……オレも、いいもん見せてやるよ〟」

右拳を放った玲奈だが、アレックスがそれを片手で受け止める。すぐに左拳を放ったが、アレックスはそれも片手で掴(つか)んで止める。

その瞬間だった。

アレックスの姿が変化していく。

見た目は、人間を基本としながらも、その体には獣のような毛や牙が生えていく。

「……獣化魔法・獅子(しし)」

アレックスは、獅子に変化する魔法を持っている。

つまり彼は、これまで手加減をしていた、というわけだ。

玲奈がさらに出力を上げるが、アレックスの力はそれを上回っていく。

「く、う⁉」

「〝はは、いい悲鳴だぜ。やっぱ、女の悲鳴はいいな〟」

アレックスはゲラゲラと笑いながら、玲奈の両手の骨を粉々に砕いた。

そしてアレックスは膝をついた玲奈の体を、思い切り蹴り飛ばした。

それでも、玲奈はよろよろと起き上がり、口から血を流していたが、彼女の心は折れていなかった。

「〝気の強い女だな〟」

「……ああああ！」

玲奈が最後に残っていた魔力のすべてを放出し、青い炎の一撃を放った。

アレックスは笑顔を浮かべ、それを片手で受け止め、炎を握りつぶした。

玲奈は自身の強化を解除し、荒く呼吸をしながらもアレックスを睨み続ける。

「〝はっ、ここまで気概のある女は初めてだぜ。おまえ、オレのモノにしてやるよ〟」

そう言って笑顔を浮かべながら玲奈へと近づいていく。

すでに玲奈は動けない。

アレックスが玲奈の体を抱え上げようとしたところで、麻耶が両手を広げて間に割って入った。

「〝おい、邪魔だぞ〟」

「……何言ってるか分かんないけど……！　もう、これ以上玲奈さんに何かするっていうなら、私が相手になるから……っ！」

「〝ちっ、ここまでの雑魚(ざこ)には用はねぇんだがな……まあ、一発痛い目でも見せてやるか……〟」

麻耶が短剣を構えたところで、アレックスが面倒くさそうに頭をかいた。

まさに、その次の瞬間だった。

アレックスの体が吹き飛んだ。

「お、お兄ちゃん？」

短剣を持って震えていた麻耶を一瞥(いちべつ)した俺はすぐに、金髪の女性へと声をかける。

「おい、女。玲奈の治療をしろ」

「……そ、それは……アレックスの許可がないと」

「死にたいのか？」

俺が魔力を放出すると、女はびくりと肩を上げ、玲奈へと近づいて治療を開始する。

俺の蹴りを受けたアレックスは、迷宮の端のほうに転がっていったが、すぐに体を起こした。

「〝おいおい。不意打ちとは卑怯だな日本の最強さん〟」

「〝卑怯？　玲奈たちを人質に取ろうとしていたやつの言い分か？〟」

「〝ほお？　てめぇは英語話せるのか〟」

「〝まあな〟」

昔麻耶と海外旅行する予定があったので、三日で習得した。

麻耶に褒められるために習得した英語をこんな場面で使いたくはなかったんだがな。

問題はそこじゃない。

玲奈の治療自体は終わったようだ。……武藤さん同様、体にダメージは残っているので
しばらくは安静にしないといけないだろうが。

アレックスは獅子の状態を解除して、こちらへやってきた。

俺と向かい合うように立ったアレックスはそれから笑みを浮かべる。

「〝さっきの蹴り、なかなかの威力だったな。やっぱ、日本では一応おまえが最強みたい

だな。まあ、正直、さっきの攻撃で底が見えて残念ではあるが〟」

「〝そりゃあどうも。……俺は別に喧嘩しにきたわけじゃない。武藤さんへの謝罪をしてさっさと日本を出ていくっていうならここで見逃してやる〟」

俺がそう言うと、アレックスは目を見開いた後、ケラケラと笑い出した。

「〝見逃すぅ？　おいおい、さっきの蹴りだけでイキってんじゃねぇぞ？　あんなの無傷だからな？〟」

彼の体は確かに、俺の蹴りを受けてもまったくダメージはなさそうで、今もピンピンとしている。

「〝……出ていかないんだな？〟」

「〝はっ、別にここに興味はねぇが、てめぇの言うことを聞くつもりはねぇよ。あんま、舐めた口きいてんじゃねぇぞ？〟」

「〝そうか。俺はお前と違って、弱いやつをいたぶる趣味はないんだがな〟」

「〝……弱いやつ？　誰のこと言ってんだ？〟」

余裕そうにしていたアレックスだったが、俺の言葉が彼の癪に障ったようだ。

「〝それで自分より弱いと思った相手にだけ勝負を挑むんだろ？〟」

「〝……てめぇ！〟」

安い挑発だったが、アレックスは俺を格下と見ているのだから、かなり頭にきたようだ。

青筋を浮かべ、その体を獅子へと変化させる。

「〝てめぇは、一撃で仕留めてやるよ、日本の猿が！〟」

アレックスがその剛腕を俺へと振り下ろす。一瞬で俺の顔面へと迫っていた拳だが、それが俺に届くことはない。

それより先に、俺が拳を振り抜いたからだ。

魔力と、怒りを込めた全力の一撃。

アレックスの腹部へと叩き込むと、

「〝があぁ!?〟」

その体が吹き飛んだ。

迷宮の壁まで吹き飛んだアレックスは、動かない。

一撃でかなりのダメージを与えたからか、獅子への変化も解除されたようだ。

俺がそちらを一瞥していると、クレーナが悲鳴をあげながら駆け寄る。

「〝ア、アレックス……っ！　大丈夫ですか!?〟」

すぐにクレーナが回復魔法を使うと、アレックスが息を吹き返したように声をあげる。

「〝オ、オレは……〟」

「〝なんだ、まだ起きるのか。第二ラウンド開始だな〟」

アレックスがすぐに魔法を使い、肉体を強化する。

まるで、獅子男、とでも言おうか。変化したアレックスが俺へと迫ってくる。

拳と蹴りによる連撃が襲い掛かるが、そのすべてをかわしていく。

怒りをエネルギーにしているのか、かわされればかわされるほど攻撃の速度は上がっていく。

だが――遅い。

「〝ちょこまか、かわしてんじゃねぇぞ！〟」

「〝ちょこまか？〟」

振り抜かれた蹴りに、俺も蹴りを合わせる。吹き飛んだのは、アレックスだ。

「〝づっ⁉〟」

痛みをこらえるように声をあげたアレックスの胸へ、蹴りを叩き込む。

吹き飛んだアレックスが地面を転がりながら、膝をついてこちらを見る。俺がゆっくりと近づいていくと、彼はガタガタと歯を鳴らし体を震わす。

「〝くそ……くそ……っ！〟」

……だが、その次の瞬間。

彼の視線が玲奈たちのほうへと向けられ、ぐっと奥歯を嚙んだ。

「〝ふざけ、やがって……！　オレ様は序列21位のSランク冒険者なんだよ！〟」

アレックスの体が再び獅子へと変化し、地面を蹴る。

まともに動けない玲奈たちに、狙いをつけたようだ。とことん、クズだな……！

玲奈たちのほうへ一瞬で距離を詰めた彼だったが――。

「〝何、する気だよ？〟」

彼が何かするより先に移動し、その横っ腹を蹴り飛ばした。

「〝っ⁉〟」

白目をむきながら、アレックスは吹き飛び、地面を転がった。

よろよろと起き上がった彼に、ゆっくりと迫る。

「〝おまえ、今、何するつもりだったんだ？〟」

「〝ち、違う……！　ま、間違えたんだ！〟」

「〝間違えた？　そうか……俺も、力加減を間違えるかもな〟」

俺が彼の言葉を繰り返し、拳を握りしめる。

アレックスの震えは一層増していき、その場で深く頭を下げる。

「〝ま、待ってくれ！　も、もう降参だ！　悪かった！〟」

「〝降参？　悪かった？〟」

そう言ったアレックスの胸倉を掴み上げ、睨みつける。

「〝おまえが、どんだけ玲奈を傷つけたと思ってんだ？〟」

そう言って、気を失わない程度に加減した頭突きを放つ。

アレックスが体をのけぞらせ、涙をぽろぽろとこぼしながら謝罪の言葉を口にする。

「〝悪かった！　悪かったよぉ！〟」

「〝謝罪は俺じゃねぇ。玲奈に言え！〟」

「〝レ、レイナぁ……！　悪かった……っ！　悪かったぁ！〟」

アレックスが必死に泣きながら叫ぶと、玲奈は苦笑を浮かべてひらひらと手を振っている。

「〝謝罪が足りねぇんだよ！　マヤチャンネルに登録して、毎日謝罪しながら見続けろ！　そんでもって、武藤さんにもちゃんと謝罪に行け！　あと、他人に迷惑かけることをもうするんじゃねぇ！〟」

俺はさっきよりも加減してアレックスの顔面に蹴りを叩き込むと、アレックスはまた意識を失った。

「麻耶、玲奈。さっさと迷宮破壊して、配信終わらせるぞ」

「え、えーと……うん、そうだった！　えーと……配信のほうはっと……あれ？」

麻耶が配信画面を見ると、困惑した様子でこちらを見てきた。

「……お兄ちゃん、また凄いバズってる！」

「……え？　まじで？　なんで？」

　俺は困惑しながらその画面を見てみると、麻耶の配信がこれまで見たことのないほどの視聴者で溢れていた。

　それはもう、コメント欄が凄いことになっている。

　日本語だけではなく、様々な国の言語で溢れているのだ。

〈お兄様！　さすが俺たちのお兄様だ！〉

〈お兄ちゃんん！　さすがすぎる！〉

〈アレックスぶっ倒してくれてありがとう！〉

〈〝日本の冒険者、ありがとう！　あのバカは本当に大嫌いだったからスカッとしたよ！〟〉

〈〝Sランク冒険者を一撃で仕留めるなんてお兄ちゃん最強だね！　あっ、妹ちゃんも可愛いから登録しておいたよ〟〉

〈〝今いる子も可愛いね！　皆登録しておいたよお兄様！〟〉

〈お兄ちゃんマジ最強！〉

〈もともと外国人ニキたちも見てたけど、露骨にコメント増えたなｗ〉

〈そんだけ、あいつが嫌われてたんだろｗ〉

……コメントが、ただひたすら俺の賛美ばかりで目では追えないような状況になっていた。


どうやらアレックスたちの配信から、麻耶のチャンネルへと流れ込んできたようだ。

……ロクでもないやつらだったが、やるじゃないか！

マヤチャンネルの登録者数がぐんぐんと増えている！

見ている間もどんどん視聴者は増えていて、外国人の視聴者の多さに驚かされる。

人口で見れば、日本だけでやっていくより世界全体から見られるコンテンツのほうが伸びるよな。

「アレックスのチャンネルから……こっちに流れてきたみたいだね」

ひょい、と玲奈が顔を近づけてくる。

「らしいな……まあ、とりあえず、皆。マヤチャンネルの登録頼むな！」

〈草〉

〈結局そこは変わらんのかｗ〉

とりあえず、それだけを伝え、俺たちは迷宮を完全破壊するために奥の部屋へと向かっていった。

無事迷宮を支えていた魔石の取り外しに成功した。

魔石からエネルギーを確保していた迷宮は、一定時間が経つとエネルギーがなくなるため、消滅することになる。

これにて、麻耶たちの配信は終了し、俺たちは迷宮の外に出たのだが、俺は背負っていた玲奈へ視線を向ける。

「そんじゃあ、俺は玲奈を家まで連れていくから、麻耶は先に帰っててくれ」

「分かったよ」

「麻耶ちゃんごめんね？　もし、お兄ちゃんが朝帰りになったら……そのときは察してね！」

「うん！」

「麻耶に変なこと言うんじゃない！」

俺は玲奈を麻耶から引き剝がすため、さっさと歩き出した。

帰り道。おんぶしていた玲奈がぎゅっと抱きついてきた。

いつものような彼女のスキンシップとは……少し違うように感じた俺は少し背中のほうへ視線を向けると、玲奈は悔しそうに笑った。

「ダーリン、また助けられちゃったね」

その言葉に、玲奈がどれだけの気持ちを込めていたのかがよく分かる。

麻耶と玲奈の配信を見ていたが、玲奈が全力でアレックスをどうにかしようとしていたのは分かっていた。

『相手が悪かった、気にするな』。そう言うのは簡単だし、それは事実だろう。だが、その言葉だけでは今の玲奈にはきっと気休めにしかならない。

「まだまだだったな」

「……うん。強くなったと思ってたけど、全然足りなかったよ。ダーリンが助けに来てくれたから、どうにかなったけど、もしももっと悪いやつが来てたら……あたしは麻耶ちゃんを守れなかったよ」

「なら、もっと強くなってくれよ」

「……無茶言うね、ダーリン」

「俺の隣に並びたいっていうのは嘘だったのか？」

「なら、期待して待ってるよ。玲奈が強くなるまではいくらでも助けるし、面倒だって見る。だから、今回のことは気にするな」

そう言うと、玲奈は俺の背中に全体重を預けるように力を抜いた。

だらりとさっきよりもより強く抱きついてきた彼女は、それからぽつりと嬉しそうに呟いた。

「嘘じゃないけど……」

「……ずるいよ、ダーリン」

玲奈の声は、ずいぶんと元気なものになっている。

大丈夫そうだな。玲奈は基本的に明るいけど、一度悩むと結構抱え込む性格だからな……。

玲奈はすっかり元気になったのか、俺の背中にぎゅっと抱きついてくる。

「もうだいぶ元気そうだな。自分で歩いてくか?」

「えーやだ！　ダーリンだってあたしのふわふわボディを堪能できて嬉しいでしょ!?」

「いやそんなことないから。ほら、もう自分で歩いてけ」

俺が引き剝がそうとするが、玲奈はがしっと掴んでくる。完全に復活してんなこいつ……。

「えへへ、今はぎゅっとさせてー」

ただ、甘えた声をあげる玲奈のわがままに、俺はため息を返す。

「……まったく。今日だけだからな」

「はーい！」

玲奈の嬉しそうな声に、俺も口元を緩めながら彼女の家を目指して歩いていった。


「〝ア、アレックス様……〟」

「〝……〟」

ホテルまで戻ったアレックスは、がたがたと震えていた。

その様子を見ていたクレーナは、酷く驚いていた。

アレックスがここまで怯える姿を見たことは、一度もなかったからだ。

アレックスの活動は批判されることが多いのは分かっていた。

だが、アレックスはどれだけのアンチコメントにさらされても、圧倒的実力で黙らせてきた。

それは政府も同じだった。Sランクでも上位に位置する彼は、少し問題を起こしても、迷宮関連で協力すれば大抵のことは見逃されてきた。

それだけ、能力の高い人が重宝されるのが冒険者業界だ。

そのアレックスが、すでに戦闘を終えた迅のことで未だに恐怖している。

「〝あ、あの……ジンさんの件で、ムトウさんへの謝罪を言われていましたが病院が分かりましたので――〟」

「〝ジ、ジンの名前を出さないでくれ！〟」

顔を青ざめさせガタガタと震え出した彼に、クレーナは驚いていた。

これまで何をしても横暴で自信に溢れる彼しか見てこなかったからだ。

しばらく震えていたアレックスは、ゆっくりと口を開いた。

「〝……ク、クレーナ〟」

「〝……はい〟」

「〝オレは、あ、あの男が言うようにこれでも負ける相手に挑んだことは、ねぇんだよ。オレが強いのは当然だが、オレが負けたら、オレの立場的にやべぇことは分かってるからな〟」

「〝……はい〟」

「〝あいつと対面したときも、勝てると思ってたんだ。魔力とか威圧感とか、そういう強者特有の雰囲気がなかったからな。黒竜だって、大したことなかったし、な〟」

何より、日本の冒険者という点が、世界からは評価されにくい部分だった。

日本は冒険者業界において、出遅れた。日本の持つ安全性や国民性から、迷宮探索や冒険者教育に関して他国と比べて大きく出遅れてしまった。

その影響は今も残っていて、日本の冒険者のトップや平均的な能力は先進国の中でも最下位を独走するような状態だった。

「〝……だけど、あいつは……オレを攻撃する瞬間に……！　底の見えない魔力でオレを飲み込んだんだよ……っ〟」

「〝……底の見えない魔力、ですか〟」

「〝あいつは……間違いない。Sランクのさらに上、災害級のバケモンだ……！〟」

「〝……災害級、ですか〟」

現在、冒険者のランクはSランクまでしかないのだが、現在はそのSランクも上から下まで能力に大きな差がある。

それは冒険者という職業が誕生した当時から、このランクは一切変わっていないからだ。

昔に比べ、冒険者の育成技術は上がり、より強い冒険者が増えていった。

昔と今のSランク冒険者の価値はずいぶんと変わっていて、非公式ではあるがSランクを超える力を持った人たちを、災害級と呼ぶ声が増えていた。

「〝ああ……オレがどうしても超えられない、Ｓランクの壁を超えた……オレ以上のランクの冒険者共。あの……男は……間違いなく、その領域に踏み込んでいやがる……！〟」

アレックスが元々こんな配信を始めたきっかけは、自分の力が限界を迎えてしまったと思ったからだった。

どうしても超えられないＳランク冒険者のさらに上の存在である災害級。彼らの力に絶望し、追いつくことを諦め、不貞腐れた結果が今の生活だ。

「〝そんなレベルの冒険者が、日本にいるなんて……〟」

「〝格が違うんだよ、あの化け物共は……！　何より、あの男はそれだけの力を持ってるのに、完全に隠蔽してんだよ……っ。あんだけの力があって、一切力が漏れ出さないとか……ありえねぇんだよ……っ〟」

「〝……〟」

「〝とにかく……だ。あいつにだけは……手を出したら……ダメだ。迷いなく、オレを殺す気で攻撃してきやがった！　オレのガードが間に合わないのを見て、力を緩めやがったんだよ！〟」

「〝まさか……ジン「〝やめろ！〟」……彼は加減していたのですか？〟」

「〝しやがったんだよぉ！〟」

Sランク冒険者として自信に溢れていたアレックスは、やつれた顔で涙を流していた。

今日一日で数年分は老けたようなアレックスに、クレーナは驚くことしかできなかった。

「〝しばらく、活動は休止する……。……あんな化け物に調子に乗ってるとか言われて襲われたくねぇ……っ！　マ、マヤチャンネルも見なきゃならねぇし！　ムトウにも謝罪しなきゃならねぇし！〟」

「〝……わ、分かりました〟」

「〝ムトウの病院はどこにあるんだ⁉〟」

「〝そうですね、えーとジンの家の――〟」

「〝だからその名前出すんじゃねえ！〟」

「〝申し訳ありません。ジンの家から――〟」

「〝聞いてたか人の話！〟」

「〝あっ、うっかり。別に楽しくてやっているわけではありませんので気にしないでください〟」

「〝楽しんでんだろクソッタレが！〟」

「〝ジン〟」

「〝ぎゃあああ！〟」

アレックスが頭をかきむしり、耳を押さえて布団を被った。

これは面白い遊びを見つけた、とクレーナは一人満足するのだった。

迷宮配信者事務所「リトルガーデン」について語るスレ156
54：名無しの冒険者
マヤちゃんの配信にアレックスが乱入してきてんじゃやねぇか……
55：名無しの冒険者
おい、マジかよ
56：名無しの冒険者
人質って……こいつらマジで
57：名無しの冒険者
警察とか協会に通報したほうがいいんじゃないのか？
58：名無しの冒険者
通報したって、Sランク冒険者が本気で暴れたらどうしようもないぞ……

59：名無しの冒険者
あいつらを止められるのは、それこそより強いSランク冒険者だけだしな
60：名無しの冒険者
犯罪をしたって、迷宮攻略とかすれば釈放されるような立場だもんな……
61：名無しの冒険者
法なんて、あってないようなもん、だもんな……
62：名無しの冒険者
こいつの狙い、お兄ちゃんかよ
63：名無しの冒険者
レイナちゃんもマヤちゃんも全力で逃げた方がよくないか？
64：名無しの冒険者
いや、アレックスから逃げるのも無理だろ……
65：名無しの冒険者
いやでも、レイナちゃん戦う気か？
66：名無しの冒険者
武藤さん、ボコボコにされてたよな？

レイナちゃんなら、どうにかなるのか？
67：名無しの冒険者
いや……レイナちゃんの方が武藤さんより弱いと思うよ
68：名無しの冒険者
あれは実力もそうだけど、貢献度とかも反映されてるから単純な実力は分からんぞ
69：名無しの冒険者
そうそう
アレックスみたいに直接対決で順位を塗り替えてる馬鹿もいるけど、ほとんどはそんなことしてないからなぁ
70：名無しの冒険者
つまり、1位より2位のほうが強い可能性もあるってことか？
71：名無しの冒険者
そうそう
まあ、現状の1位は2位を圧倒したから順位の入れ替えはもうずっと起きてないけどな
72：名無しの冒険者
武藤さんは色々な仕事に積極的に参加してるからな

実力的には他の同順位帯の人より落ちるけど、そういった部分で評価されてんだよな
73：名無しの冒険者
レイナちゃん、互角って感じか？
74：名無しの冒険者
アレックスが英語で何か言ってるけど分かんねぇ……
75：名無しの冒険者
ムカつくってことだけは確かだけどな
76：名無しの冒険者
俺英語ちょっと分かるけど、完全にレイナちゃんのことを格下に見て馬鹿にしてるぞ
77：名無しの冒険者
レイナちゃん……ギリギリじゃないか？
78：名無しの冒険者
これ……大丈夫なのか？
79：名無しの冒険者
マジで、やばくねぇか？
80：名無しの冒険者

武藤さんも、こんな感じでやられたんだよな……？
81：名無しの冒険者
このままだと、マジで大問題になるよな
レイナちゃん死んだりしないよな？
82：名無しの冒険者
さすがにそれは……でも、心配だぞ
83：名無しの冒険者
レイナちゃん……マジでお兄ちゃんのこと好きなんだな
84：名無しの冒険者
レイナちゃん……もうお兄ちゃんの正妻は譲るぜ
85：名無しの冒険者
女狐（めぎつね）……ガッツはあるね
86：名無しの冒険者
冒険者協会に連絡しようと思ったけど、まったくつながらないぞ！
87：名無しの冒険者
これ止めるにはSランク冒険者に動いてもらうしかないよな？

88：名無しの冒険者
たぶん、全員同じこと考えてんだろうな
マジで、レイナちゃん、このままだと死んじゃうぞ
89：名無しの冒険者
SNSのトレンドにも入っちゃってるし、これマジでやばいって
90：名無しの冒険者
こっちだって連絡してるし、「リトルガーデン」の事務所にも連絡してんだよ！
91：名無しの冒険者
おい！　この迷宮の近くに誰か視聴者いねぇのかよ！　助けに行ってやれよ！
92：名無しの冒険者
無理に決まってんだろ⁉
93：名無しの冒険者
やべぇよ、レイナちゃんどうすんだよ……
94：名無しの冒険者
アレックスの野郎、まだ奥の手も隠してたのかよ⁉
95：名無しの冒険者

Sランク冒険者でも、こんなに力の差があるのか？
96：名無しの冒険者
やべぇ、マヤちゃんまで標的にされてるぞ!?
97：名無しの冒険者
おいおい、どうすんだよ！
98：名無しの冒険者
お兄ちゃんんん！
99：名無しの冒険者
お兄様!?
100：名無しの冒険者
マジかよ!?　まさか駆けつけたのか!?
101：名無しの冒険者
たぶんそうだぞ……お兄ちゃんの目撃情報があったみたいだし
102：名無しの冒険者
アレックス吹っ飛ばしやがった！
103：名無しの冒険者

いいぞ！　やっちまえ！
104：名無しの冒険者
……あれ？　なんかお兄ちゃん雰囲気いつもと違うよな？
105：名無しの冒険者
お兄ちゃんこわっ！
106：名無しの冒険者
……マジギレしてないか？
107：名無しの冒険者
いや、普通にキレるだろこんなの
108：名無しの冒険者
やべぇ……マジで怖いぞ
109：名無しの冒険者
ていうか、普通に英語喋（しゃべ）ってんのな
110：名無しの冒険者
マジかよ
お兄ちゃん何でもできるじゃねぇか

111：名無しの冒険者
つーか、アレックスの奴、お兄ちゃんの蹴り喰らっても、全然効いてなさそうだな？
112：名無しの冒険者
マジで？
お兄ちゃんの蹴り耐えるってやばくないか？
113：名無しの冒険者
え？　どうすんだよこれ……
114：名無しの冒険者
他のSランク冒険者も連れてこないとこれ押さえられないんじゃないか!?
115：名無しの冒険者
お兄ちゃんとアレックス……どっちが勝つんだよ、これ
116：名無しの冒険者
仕掛けたのは、アレックスか！　お兄ちゃん……やられる前に……え？
117：名無しの冒険者
は？
118：名無しの冒険者

へ？

119：名無しの冒険者
アレックス吹っ飛んでる⁉

120：名無しの冒険者
今何をしたんだ⁉

121：名無しの冒険者
お兄ちゃんが殴ってぶっ飛ばしたｗｗｗ

122：名無しの冒険者
やばすぎるだろｗｗ

123：名無しの冒険者
いいぞお兄ちゃん！　もっとやっちまえ！

124：名無しの冒険者
アレックス、マジで受け身とか何もとれなかったみたいだな……

125：名無しの冒険者
いや、マジで？
お兄ちゃんの力の底が見えないんだけど……

126：名無しの冒険者
お兄ちゃん、こんなにやばかったのかよ……ていうか、マジでブチギレてんじゃねぇか？
127：名無しの冒険者
おっ、アレックス立ち上がったぞ
128：名無しの冒険者
……まあ、こいつもまだ本気じゃないもんな
129：名無しの冒険者
って、また獅子に変身したぞ……
130：名無しの冒険者
さっきよりも攻撃やばくなってねぇか⁉
131：名無しの冒険者
お兄ちゃん、全部かわしてる⁉　いや、かわすしかないのか⁉
132：名無しの冒険者
これ、じり貧だぞ……！
このままだとお兄ちゃんがやられちまう！

133：名無しの冒険者
って……マジかよ
134：名無しの冒険者
同じ蹴りで、完全にアレックスの上をいきやがったよ……！
135：名無しの冒険者
マジでヤバすぎて草も生えんわ……
136：名無しの冒険者
アレックスを、一方的にボコしてんじゃねぇか……
137：名無しの冒険者
これじゃあ、どっちが化け物か分からねぇよ
138：名無しの冒険者
もう諦めろってアレックス
おまえじゃお兄ちゃんには勝てないって……こいつレイナちゃんたち狙いやがった！
139：名無しの冒険者
なんつー、卑怯(ひきょう)なんだよ！　つーか、お兄ちゃんそれも反応してぶっ倒した！
140：名無しの冒険者

完全勝利だな、これ
141：名無しの冒険者
アレックス泣いてて草
142：名無しの冒険者
もっと泣かしとけよマジでｗ
143：名無しの冒険者
二度とすんじゃねぇぞ！
144：名無しの冒険者
お兄ちゃん、アレックスにもマヤチャンネルの宣伝してて草
145：名無しの冒険者
良かった……いつものお兄ちゃんだな！
146：名無しの冒険者
とりあえず、お兄ちゃんをブチギレさせたらやべぇってことが分かったなｗ
147：名無しの冒険者
今後、コメントするときは気をつけないとな……
148：名無しの冒険者

ていうか、マヤちゃんのチャンネルでずっとやってるから、視聴者数がえぐいことになってんなw

149：名無しの冒険者
最初はどうなるかと思ったけど、レイナちゃん笑顔で良かったわ……

150：名無しの冒険者
ほんとな

151：名無しの冒険者
イレギュラーはあったけど、配信も無事終わったな

152：名無しの冒険者
お兄ちゃん……Sランクの21位をボコボコって……一体どんくらい強いんだよ？

エピローグ

アレックスとの戦いを終えた次の日。

俺は武藤（むとう）さんの入院する病院へと来ていた。

もう武藤さんにも伝わっているかもしれないが、アレックスの案件が片付いたことを報告するためだ。

武藤さんの病室へと入ると、蓮華（れんげ）の姿があった。……なんだかんだ言って、兄思いの子だな。

武藤さんたちがこちらへ視線を向けたのだが、蓮華が俺を見た瞬間、目を見開いた。

「あっ、お、お兄様……！　こんにちは！」

「こんにちは、もしかして……邪魔したか？」

「あっ、いえそんなことないです！　どうぞどうぞ、ごゆっくりしていってください！」

そう言って、蓮華は部屋を出ていった。

……別にこの場にいてくれても良かったのだが、武藤さんが視線を向けてきた。

「なんかすげぇ見舞い品がありますね」

武藤さんの近くに置かれた見舞いの品々を見て、思わず苦笑する。

それは武藤さんも同じだったようで、俺と同じように苦笑する。

「……あれから、アレックスたちが来てね。土下座までしてきたものだから、さすがにこっちのほうが悪い気がしちゃいましたね」

「ああ、これアレックスのか」

ちゃんと見舞いに来たのなら、蓮華も少しは溜飲を下げてくれたかもしれない。

そんなことを考えていると、武藤さんがちらとこちらを見てきた。

「……僕も、君の戦闘については後で見たんだけど、圧倒的でしたね。まさか、アレックスをあんな一方的に倒すなんて」

「……別に褒められるために戦ったわけじゃないですけどね」

ただ、ムカついただけだからな。

「これからは、日本を代表する冒険者として、鈴田さんにも注目が集まりますね」

「いやいや、日本の代表は武藤さんでいいんじゃないですか?」

「いやいや、僕よりも君のほうが強いんだからそういうわけにはいかないですよ」

「だって、俺麻耶の配信を見るのに忙しいので……代表として活動なんてできませんし」

「……まったく。君は変わらないですね」

笑顔を浮かべる武藤さん。

「日本は……まだまだ冒険者たちの質が決して高いとは言えないけど、将来希望の持てる子たちが育ってきてます。僕はそれを守っていく必要があると思っているんです」

「守る、ですか」

「ええ、今回のような物理的な外敵はもちろん、他国からのスカウトとかからもですね」

……スカウト、か。

実際、日本の冒険者報酬の少なさから、他国を選んで活動している冒険者もいる。

「スカウトから守るっていうのはなかなか難しいですよね。結局活動は個人で行いますし」

「そうですね。だから、僕は今のギルドをもっと魅力的なものにして、日本に残ってくれる冒険者を増やしたいと思ってます。最近、迷宮の出現する頻度はもちろん、難易度もどんどん上がってますから……。今後、ますます優秀な冒険者は取り合いになると思いますからね」

「……ですね」

武藤さんの言う通り、ここ最近の迷宮は少しずつおかしくなっている。

もしも、今後出現する迷宮の最低難易度が上がるようなことがあれば、迷宮による被害も増していくかもしれない。

「だからまあ……鈴田さんも配信とかで日本での冒険者活動の魅力を発信していってくれれば嬉しいですね」

「……日本での魅力、ですか。俺は麻耶の魅力ならいくらでも語れるんですけど、他はあんまり思いつかないですねぇ」

「ま、まあ……それはおいおい探してもらうとして、これからも共に盛り上げていこうじゃないですか」

「そうですね」

武藤さんの考えは立派だ。だから彼の考えに、俺も頷きを返した。

病院を後にした俺は、外で待っていた麻耶とともに歩いていた。

「とりあえず、アレックスって人はもう日本を離れたみたいだね」

スマホのニュースを見ていたようで、麻耶がその画面をこちらに向けてきた。

「武藤さんにお見舞いして、すぐ日本を離れたんだな」

……行動の早いやつだな。

「まあ、何事もなくて良かったね」

「麻耶を怯えさせたんだからな……何事もなかったわけじゃないんだぞ？」

その時点で重罪人だ。

ただ、アレックスは世界ランキングでも上位のほうであることから、ある程度の行動はお咎めなし、になる。

それだけ、力のある冒険者の立場は守られてしまっているわけで、そういうこともあってSランク冒険者の中には問題行動を起こすやつも多くいるんだよな。

「あっ、そうだ私ももっと強くならないといけないと思いました！　そういうわけで、今日は早速黒竜の迷宮に行こうと思ってるんだけど……いいかな？」

「ああ、いくらでも付き合うぞ」

「やった！　流花さんたちも後で合流するから、そのときはよろしくね？」

「そうなのか？」

「うん。だって、お兄ちゃんの近くにいるならああいうのに絡まれるかもしれないから、撃退できるくらいにはなりたいって」

「……やる気満々だな」

また、どこかで合宿でも開く必要があるかもな。

俺の力が、世の中に広がっていることで……俺を様々な理由で狙うやつらが増えていくかもしれない。

そいつらから、麻耶や麻耶に関わるすべての人を守るには公式的な強さの証明がいる。

もっとも手っ取り早いのは――Sランク冒険者の称号だ。

そろそろ、再検査受けるかねぇ。

「お兄ちゃん、行こう！」

「おう！」

まあ、それはまた後で考えるか。今は麻耶と一緒に迷宮に潜るほうが優先だ！

俺は麻耶と手を繋ぎ、迷宮へ向かって歩き出した。

あとがき

この度は、『妹の迷宮配信を手伝っていた俺が、うっかりSランクモンスター相手に無双した結果がこちらです』の第二巻を手に取っていただき、ありがとうございます！

今作から手に取ってくれた方も、一巻から引き続き手に取ってくれた方もありがとうございます。

第一巻に引き続き、あとがきから目を通している方もいるかもしれませんので、軽く作品の内容紹介と宣伝でもしていこうかなと思います。

『妹の迷宮配信を手伝っていた俺が、うっかりSランクモンスター相手に無双した結果がこちらです』の二巻では、新キャラクターである玲奈（れいな）を軸に物語が進行していきます。

一巻同様、お兄ちゃんもあちこちで活躍はするのですが、二巻では玲奈というお兄ちゃんに並ぶほどのネジの外れたキャラクターが暴れてくれますので、ぜひぜひ楽しみにしてください。

一巻に引き続き、麻耶（まや）、流花（るか）、凛音（りんね）などなど。ヒロインたちにも出番があり、一巻で気に入ってくれた子たちの登場を楽しんでいただければと思います。

そして、第二巻一番の目玉といえば――水着。そう、ヒロインたちの水着シーンが見られるのです！　ぜひ、暑い夏の時期に彼女らの水着を見て少しでも涼んでくれたらと思います。

さらにさらに、二巻ではお兄ちゃんを狙う不届きものも現れ、その人物との対決もありますので是非とも、その結果は本編を読んで確認していただければと思います。

最後に謝辞を。

編集様、イラストレーターのmotto（モット）様。私の思いつくままに欲望を書き殴った物語をここまでまとめていただき、ありがとうございます。欲望を形にしてくださった素晴らしいイラストも大変嬉しいです。ありがとうございます。

そして最後に、読者の方々に感謝です。二巻が発売できたのは、読者の方々の応援があってこそです。

そして、こちらの作品のコミカライズも始まりますので、楽しんでいただければと思います。

もしも三巻が発売できたときに、また皆さまと再会できればと思います。それでは、ここまで読んでいただきありがとうございました。

読者アンケート実施中!!

**ご回答いただいた方の中から抽選で毎月10名様に
「図書カードNEXTネットギフト1000円分」をプレゼント!!**

URLもしくは二次元コードへアクセスし
パスワードを入力してご回答ください。

https://kdq.jp/sneaker

[パスワード:m7z2m]

●注意事項
※当選者の発表は賞品の発送をもって代えさせていただきます。
※アンケートにご回答いただける期間は、対象商品の初版（第1刷）発行日より1年間です。
※アンケートプレゼントは、都合により予告なく中止または内容が変更されることがあります。
※一部対応していない機種があります。
※本アンケートに関連して発生する通信費はお客様のご負担になります。

スニーカー文庫の最新情報はコチラ!

新刊 / コミカライズ / アニメ化 / キャンペーン

公式X（旧Twitter）

[@kadokawa sneaker]

公式LINE

[@kadokawa sneaker]

友達登録で
特製LINEスタンプ風
画像をプレゼント!

妹の迷宮配信を手伝っていた俺が、うっかりSランクモンスター相手に無双した結果がこちらです２

著　木嶋隆太

角川スニーカー文庫　24224

2024年７月１日　初版発行

発行者　山下直久

発　行　株式会社KADOKAWA
〒102-8177 東京都千代田区富士見2-13-3
電話　0570-002-301（ナビダイヤル）

印刷所　株式会社暁印刷
製本所　本間製本株式会社

Printed in Japan　ISBN 978-4-04-115075-7　C0193

★ご意見、ご感想をお送りください★
〒102-8177 東京都千代田区富士見 2-13-3
株式会社KADOKAWA　角川スニーカー文庫編集部気付
「木嶋隆太」先生
「motto」先生

角川文庫発刊に際して

角川源義

第二次世界大戦の敗北は、軍事力の敗北であった以上に、私たちの若い文化力の敗退であった。私たちの文化が戦争に対して如何に無力であり、単なるあだ花に過ぎなかったかを、私たちは身を以て体験し痛感した。西洋近代文化の摂取にとって、明治以後八十年の歳月は決して短かすぎたとは言えない。にもかかわらず、近代文化の伝統を確立し、自由な批判と柔軟な良識に富む文化層として自らを形成することに私たちは失敗して来た。そしてこれは、各層への文化の普及滲透を任務とする出版人の責任でもあった。

一九四五年以来、私たちは再び振出しに戻り、第一歩から踏み出すことを余儀なくされた。これは大きな不幸ではあるが、反面、これまでの混沌・未熟・歪曲の中にあった我が国の文化に秩序と確たる基礎を齎らすためには絶好の機会でもある。角川書店は、このような祖国の文化的危機にあたり、微力をも顧みず再建の礎石たるべき抱負と決意とをもって出発したが、ここに創立以来の念願を果すべく角川文庫を発刊する。これまで刊行されたあらゆる全集叢書文庫類の長所と短所とを検討し、古今東西の不朽の典籍を、良心的編集のもとに、廉価に、そして書架にふさわしい美本として、多くのひとびとに提供しようとする。しかし私たちは徒らに百科全書的な知識のジレッタントを作ることを目的とせず、あくまで祖国の文化に秩序と再建への道を示し、この文庫を角川書店の栄ある事業として、今後永久に継続発展せしめ、学芸と教養との殿堂として大成せんことを期したい。多くの読書子の愛情ある忠言と支持とによって、この希望と抱負とを完遂せしめられんことを願う。

一九四九年五月三日

黒雪ゆきは
Kuroyuki Yukiha
画｜魚デニム
ill.Uodenim
極めて傲慢たる悪役貴族の所業
The Deeds of an Extremely Arrogant Villainous Noble
カクヨム《異世界ファンタジー部門》年間ランキング
第1位
悪役転生×最強無双――
その【圧倒的才能】で、
破滅エンドを回避せよ！
俺はファンタジー小説の悪役貴族・ルークに転生したらしい。怪物的才能に溺れ破滅する、やられ役の“運命”を避けるため――俺は努力をした。しかしたったそれだけの改変が、どこまでも物語を狂わせていく!!
スニーカー文庫